HISTOIRES SINGULIÈRES

Nouvelles

© 2022, Jean-Luc Rogge

Édition : BoD – Books on Demand, info@bod.fr

Impression :BoD - Books on Demand, In de Tarpen, 42 Norderstedt (Allemagne)

Impression à la demande
ISBN : 978-2-3224-6320-6

Dépôt légal : décembre 2022

**Nouvelle édition revue et augmentée par l'auteur
1re publication : juillet 2013**

À toi qui partages ma vie et sans qui je ne serais rien

Du même auteur :

Histoires à vivre avec ou sans vous
Histoires fâcheuses
De bien curieuses histoires
Dérapages inattendus
Fractures familiales
Rien de grave, je t'assure

Jean-Luc Rogge

Histoires singulières

Nouvelles

Je m'appelle Louis

Je m'appelle Louis, j'ai douze ans et je veux mourir. J'ai commis ce soir un acte irréparable. Ma douleur est insupportable, mon remords infini. C'en est trop, je vais en finir. Adieu. Pardonnez-moi et surtout prenez soin d'elle. Je l'aime tant.

Tout avait pourtant commencé comme dans le plus beau des contes en cette fin d'après-midi de printemps : la journée avait été magnifique, je m'étais amusé comme un fou avec les copains du quartier et, le soir tombant, j'étais occupé à rêvasser dans le jardin à d'improbables aventures teintées d'exotisme lorsqu'une succession de petits cris plaintifs m'avait sorti de ma somnolence.

Presque aussitôt, avant même d'avoir eu le temps de m'inquiéter, une minuscule chatte blanche, au bout de la queue et au contour des yeux parsemés de poils gris lui procurant un air fripon, était sortie des fourrés bordant l'extrémité de notre domaine.

Après m'avoir observé longuement, elle s'était approchée sans hésitation et elle était venue me caresser le bas des jambes tout en commençant à ronronner joyeusement.

En un instant, elle m'avait séduit.

***

Mon plaidoyer auprès de papa et maman pour adopter cette pauvre petite bête abandonnée et, sans aucun doute, condamnée à mourir de faim, s'ils ne se décidaient pas, bien vite, à l'accepter parmi nous fut, et j'en fus le premier surpris, couronné de succès. Ayant, eux aussi, succombé au charme de la jeune demoiselle, elle put, avec leur bénédiction, s'installer confortablement à la maison et y vivre parfaitement heureuse.

L'irruption de minette – pas très original, j'en conviens, comme prénom pour une chatte – bouleversa mon quotidien. Très vite, elle me choisit comme compagnon et prit l'habitude de me suivre partout dans la propriété et de bondir sur moi à chaque occasion en ronronnant. Au fil des jours et des siestes prolongées, nous apprîmes ainsi à nous connaître, à nous apprécier, à nous aimer. Je lui confiais mes joies, mes peines, mes secrets d'enfant ; elle partageait avec moi la sagesse de sa vie de chatte et m'apportait régulièrement de petites musaraignes vivantes en guise d'offrande : « Vas-y, amuse-toi, elle est à toi » semblait-elle me dire.

Puis un soir, alors que mon amie, au ventre devenu énorme, rêvassait confortablement installée sur mes genoux et que nous étions, maman et moi, occupés de dîner tranquillement, papa, d'une voix menaçante, nous demanda si nous avions déjà imaginé une solution pour nous débarrasser des futurs chatons de minette. Avant que nous ayons eu le temps de bien saisir le sens de ses paroles, il reprit de plus belle et nous asséna, en guise d'avertissement, que de toute manière, lui ne s'occuperait de rien mais qu'il voulait que les nouveau-nés disparaissent dès la naissance, sans quoi leur mère succomberait avec eux !

En pleurs après le départ de papa, maman me fit comprendre que les mots de celui-ci n'avaient rien de paroles en l'air. Elle se mit donc en quête de solutions radicales et, après avoir consulté maints livres et magazines et demandé l'avis de mille et une personnes, elle en vint à la conclusion que la meilleure issue pour les chatons était la noyade. Après avoir été déposées quelques minutes sur de la ouate imbibée d'éther afin qu'elles s'assoupissent, les pauvres bêtes devaient être plongées dans une bassine d'eau recouverte d'un couvercle. Le simple énoncé de ces horreurs à commettre réussit à désespérer maman et, tout en tremblotant, elle se mit à gémir à n'en plus finir.

Je ne pus supporter bien longtemps de voir maman prostrée et, du haut de mes douze ans, comme un homme responsable – je suis quand même celui qui a trouvé minette – je lui dis que ce sale boulot, j'allais m'en charger.

Comment ne me suis-je pas rendu compte de suite des conséquences désastreuses de mes paroles ?

En fait, à cet instant précis, deux choses seulement comptaient à mes yeux : faire cesser les pleurs de ma douce mère et trouver, coûte que coûte, un moyen de sauver minette.

— C'est arrangé chéri, Louis va s'en occuper.

Si, quelques heures plus tard, l'annonce de maman eut l'air de satisfaire pleinement mon paternel, elle me fit alors prendre pleinement conscience que mon cauchemar allait bientôt débuter !

***

Ils sont nés une fin d'après-midi peu avant dix-huit heures. Minette a diablement miaulé avant de réussir à expulser le premier chaton. Un instant, j'ai pris peur car j'ai cru qu'elle allait y rester. Heureusement, les trois autres ont ensuite suivi facilement.

Ah ! il fallait la voir s'agiter autour de ses progénitures ; les lécher à n'en plus finir pour leur ôter toute impureté ; les cajoler ; les inciter à commencer à téter...

Perdu dans ma contemplation, j'en oubliais presque la sombre besogne qui m'attendait lorsque mon père – comme je l'ai haï à cet instant – me rappela d'un simple regard à mes obligations. Un simple regard lourd de sens : « Bourreau, fais ton office... »

***

Ils sont morts !

Morts et enterrés.

J'ai agi machinalement, méthodiquement. Sur les conseils d'un camarade qui m'avait vanté ce procédé efficace, garanti sans souffrances, je les ai arrachés sournoisement à la protection de leur génitrice et je les ai envoyés, l'un après l'autre, de toute la force de mon bras droit, à la rencontre du mur blanc de la cour de la maison.

L'horreur !

J'en suis malade, malade de honte.

Je pensais ne pas avoir le choix mais, pourtant, je l'avais.

Pourquoi ne me suis-je pas révolté ? Pourquoi ai-je accepté sans sourciller le diktat de mon père ? Pourquoi ?

Même si mon unique intention en accomplissant ce geste était de la sauver, il m'est impossible à présent de supporter encore le regard de minette, moi qui suis seul responsable de la mort de ses petits.

J'ai douze ans et je suis un assassin, rien d'autre qu'un vulgaire assassin.

***

Sur le coup de huit heures, en traversant le passage à niveau situé sur la route qui devait le mener à l'école du village, Louis, douze ans, a été happé par un train. Le malheureux est décédé sur place. Il s'agirait d'un acte volontaire.

Une confidente pour sœur Isabelle

— Vous avez entendu, sœur Marie-Louise ? On aurait dit un miaulement.

— Mais non, sœur Isabelle, vous rêvez. Pressez donc plutôt le pas, nous allons manquer le début des vêpres et vous savez que la prieure est très stricte quant au respect de l'horaire des offices.

— Mais si, là, regardez, près du chêne. Un chat, un chat noir. Oh ! mon Dieu, comme il est mignon.

— De grâce, sœur Isabelle, venez. La cloche a déjà cessé de sonner.

— Allez-y, allez-y, je vous rejoins tout de suite. Cette pauvre petite créature du Seigneur a besoin d'aide.

***

— Eh bien, petite, car tu es une petite femelle, n'est-ce pas, comment as-tu pu réussir à t'introduire dans le jardin du couvent ? Méfie-toi, ma jolie, il est plus facile d'y entrer que d'en sortir. Et il te faudra bien réfléchir avant de prononcer tes vœux. Oh ! comme tu sembles fatiguée. Allez, suis-moi, viens vite que je te montre ma cellule. Ne t'inquiète pas, elle est assez spartiate mais tu n'auras qu'à te reposer sur le lit. Et ne crains rien, quand tu le souhaiteras, tu pourras aisément sortir car je loge au rez-de-chaussée et la fenêtre, bien que minuscule, donne directement sur le jardin. Pour tes repas, je m'arrangerai pour t'apporter en catimini du réfectoire de quoi boire et manger. On ne manque de rien ici, sais-tu. Attention cependant, motus et bouche cousue, pas de miaulements intempestifs. Personne ne doit savoir que tu t'es installée chez moi.

— Ah ! tu ronronnes. Comme je t'aime déjà, brave minette.
— Au nom du Père, du Fils et du Saint-Esprit, je te baptise ; dorénavant, tu t'appelleras chatte Véronique. Oh ! le merveilleux blasphème. Pardonnez-moi, mon Dieu.

***

Ne me fixe pas ainsi pendant ma toilette Véronique, cela me gêne horriblement.

Je ne supporte plus ce corps usé prématurément, cette peau qui se dessèche, ces cuisses, autrefois rebondies, devenues flasques, ces seins inutiles qui reluquent le sol. Que je le veuille ou non, j'ai plus de soixante ans à présent, chérie, et il faut que je l'accepte, que je m'accepte. Ah ! je voudrais tant être présentable encore.

Quelle coquetterie, quel orgueil pour une sœur, me diras-tu. Oui, je sais, chérie, c'est un péché mortel contre lequel je lutte mais, bon, je ne suis qu'humaine et loin d'être parfaite.

Tu n'en as rien à faire, tu m'apprécies telle que je suis, merci ma jolie mais quand même. Ah ! si tu m'avais vue, il y a vingt-cinq ans. Non, attends, plutôt trente-cinq, lors de mon entrée chez les bénédictines. Un beau brin de fille que j'étais, tu sais. Et je leur plaisais aux garçons avant mon renoncement. Entre nous, je crois que je leur faisais de l'effet. Oui, oui, je t'assure. Il y en a d'ailleurs un qui m'attirait particulièrement. Il s'appelait Marc. Et je peux te l'avouer, celui-là m'a même embrassée sur la bouche. Et aussi un peu plus… si tu peux imaginer ce dont je veux te parler. Mais rassure-toi, je suis toujours vierge. Notre Seigneur m'a appelée à lui avant l'irrémédiable.

Zut ! avec le recul, je me dis que j'aurais quand même bien voulu le connaître cet irrémédiable, moi, ne fût-ce qu'une seule fois. Ah ! Marc, pourquoi ai-je écouté maman lorsqu'elle m'a parlé de ces ridicules histoires de famille. Tout ce qu'elle souhaitait, en fait, était que je prenne le voile au plus vite. À y réfléchir, le Seigneur s'est donc adressé à moi via maman. Ah ! sacré Seigneur, va. Sacré farceur. Mieux vaut en rire, non, minette ?

Je me suis quand même toujours posé la question : qu'aurais-je fait si Marc s'était présenté au couvent et avait tenté de me dissuader de m'engager dans la vie religieuse ? Ma foi aurait-elle été assez forte pour résister à l'appel de la chair, de l'amour, de la vie ?

***

Mais arrête donc de jouer avec mon chapelet, ma puce, tu vas me le mettre en pièces et je ne voudrais pas être obligée d'aller tenter d'expliquer ce drame à notre chère prieure qui veille constamment, et avec une telle sollicitude, sur tous les biens de notre communauté.

Tu en as de la chance, toi. Pas de vie de groupe, pas d'horaires, pas d'offices. Oh ! je ne me plains pas, tu sais, mais il n'est tout de même pas toujours évident de cohabiter 365 jours par an avec 16 autres bonnes femmes avec lesquelles, hormis l'amour inconsidéré du Christ, on ne partage pas forcément grand-chose. On a beau prôner l'amour du prochain, l'égalité, la fraternité, je t'assure, entre nous, que j'ai parfois très envie de gifler certaines de mes consœurs qui arrivent à m'exaspérer profondément, ou même la Prieure lors de ses crises d'extrême autorité. Le problème, vois-tu, c'est que nous ne sommes que des femmes, qu'on le veuille ou non. « Seigneur, pardonne-nous nos faiblesses. »

As-tu constaté, douce Véronique, que nous ne sommes plus très nombreuses ? Actuellement, notre communauté ne compte plus que dix-sept sœurs, douze Belges, dont l'âge varie de cinquante-six à quatre-vingt-sept ans, deux Rwandaises, d'une bonne trentaine d'années, ayant échappé dans leur jeunesse au génocide qui a ensanglanté leur beau pays, et trois Haïtiennes, d'un peu plus de vingt ans. Ah ! il n'y a pas de doute, la crise des vocations nous a frappées de plein fouet. Pense qu'il n'y a pas si longtemps, il était de bon goût que chaque famille nombreuse compte au moins un prêtre et une religieuse en son sein. À l'époque, les appels du Seigneur étaient les bienvenus dans les chaumières. Aujourd'hui, ils sont devenus la hantise de tout parent qui se respecte.

Les églises se sont vidées. Les méthodes ont changé. Nos jeunes recrues actuelles sont presque toutes des étrangères arrachées à une misère infinie. Pour elles, la découverte de l'amour du Christ peut être assimilée à une planche inespérée de salut. Hélas, elles se retrouvent ensuite cloîtrées chez nous et subissent un train-train quotidien, une monotonie effrayante, pas nécessairement à leur mesure.

Mais ne t'enfuis pas minette, tu ne risques rien, la Prieure est allergique aux poils. Elle ne voudrait en aucun cas t'accepter dans la communauté. De toute façon, ne l'oublie quand même pas, tu es une chatte.

Dieu, je divague.

***

Tu vois Véro, je râle mais, en fait, je n'ai pas à me plaindre. Ma vie, consacrée à la recherche de Dieu comme l'a voulu Saint Benoît, fondateur de notre communauté des bénédictines, est parfaitement huilée. Ni soucis, ni tracas.

Jeune fille, j'ai répondu à l'appel de Dieu et je me suis, dès cet instant, engagée à vivre pour et avec le Christ dans une réelle solitude, dans une relation privilégiée avec lui. J'ai accepté la vie commune : prier ensemble, travailler ensemble, prendre les repas en commun dans le partage et l'écoute mutuelle. Mon choix fut délibéré. Pourquoi devrais-je le regretter maintenant ?

Te rends-tu compte, adorable chatte, que depuis ma prise de voile, à raison de sept offices par jour, j'ai participé à près de quatre-vingt-dix mille célébrations. Renversant, non ?

Et combien d'heures n'ai-je passées à méditer, à prier, à rechercher celui pour lequel j'ai renoncé à mon existence civile ? Ai-je raté l'essentiel en m'enfermant tout ce temps dans ce couvent, en consacrant ma vie à la prière ou, au contraire, ai-je touché cet essentiel grâce à ce mode de vie ? Que serais-je devenue sans Lui ? Aurais-je connu l'enfantement, le bonheur suprême de toute femme ? Quelle mère aurais-je été ? J'avoue que ces questions me taraudent bien souvent mais à quoi bon puisque aucune réponse ne pourra jamais y être apportée et que, de toute manière, on ne peut faire marche arrière. Comme tout être responsable, il me faut assumer mes choix.

***

Je vieillis mal belle Véro. Certains soirs, seule dans ma cellule, libérée des tâches et offices quotidiens qui nous évitent de nous égarer, de nous interroger, de tout remettre en cause, je me sens vide, inutile et je n'arrive plus à L'approcher, à Lui parler.

J'ai hâte d'arriver au bout du chemin, de m'endormir sereinement et de m'en aller à Sa rencontre.

Pourquoi, me rétorqueras-tu, songer à la mort alors que tu as à peine atteint l'âge de la retraite ?

Car j'ai peur Véro, j'ai horriblement peur ! Une angoisse sourde, chaque soir un peu plus profonde, m'envahit, me possède. Des pensées noires me harcèlent. Et si je m'étais trompée ? Et si tout cela n'était que mystification ? Et si je m'éveillais un matin en ne croyant plus en Son existence. Peux-tu imaginer cette horreur, cette désespérance profonde ? Je ne veux vivre cette crise de la foi. Je veux partir dans l'espérance de la résurrection.

Véro, rassure-moi, je t'en prie, dis-moi que ma vie de renoncement et de prière ne fut pas vaine. L'existence est plus qu'absurdité, tout de même.

Notre père, qui est aux cieux...

Papa est formidable

Papa est formidable.
En société, il n'a pas son pareil pour épater la galerie. Chaque année, à l'occasion de la Saint Sylvestre, veille de nouvel an mais aussi, surtout, jour d'anniversaire de maman, une femme douce et adorable mais effacée qui, au fil des années, a appris à s'éclipser et à vivre dans l'ombre de son bonimenteur de mari, il nous régale, au cours du repas de réveillon, de ses blagues et ses bons mots.
Tradition oblige, toute la famille participe à ce festin, unique occasion dans l'année d'être enfin tous réunis. Invariablement, comme les apôtres, nous sommes douze à table. Outre mes parents et moi, il y a l'oncle Pierre, frère de maman, accompagné de son épouse Claudine, à la beauté éclatante, dont je fus, tout un temps, secrètement amoureux, et de leurs jumelles Adèle et Julie, deux pimbêches insupportables que je hais. Il y a aussi tante Claire, sœur de maman, une célibataire endurcie et coincée qui ne réussit pas à assumer son homosexualité ; oncle Luc, frère de papa, hypocondriaque avoué, et sa moitié, Nathalie dont, à n'en pas douter, tante Claire est sous le charme. Il y a enfin pépé Louis et mémé Jeanne, parents de maman. Ils forment un couple depuis plus de cinquante ans, une éternité donc, mais ils semblent toujours s'aimer comme au premier jour, mystère de l'amour.

***

Papa est formidable mais blessant.
Au cours de notre festin, chacun redoute ses diatribes.

Qui sera tête de Turc, qui fera office de souffre-douleur cette année, qui verra la moindre de ses faiblesses mise à jour ?

Maudit papa qui, chaque année choisit une victime parmi nous et ne la lâche plus.

Ses attaques sont vexantes, outrageantes et insultantes pour qui doit les subir mais elles sont tellement sournoises, tellement fourbes que nul, hormis la victime bien entendu, ne trouve à redire à cette raillerie.

« Mais non Claire, je ne me moque pas de toi. Décidément, ton sens de l'humour est désastreux. »

Et chacun d'éclater de rire lorsqu'il s'est complu l'année dernière à narrer à force de détails la vie sexuelle difficile de notre tante.

Et plus il sent sa victime se liquéfier, plus l'auditoire s'esclaffe, plus il enfonce le clou terminant toujours par le détail croustillant qui achèvera la bête blessée.

Sa démolition minutieuse terminée, un sentiment de malaise s'empare de chacun mais, là aussi, papa a tôt fait de dissiper la gêne ambiante par un calembour dont il a secret.

**

Papa est formidable mais féroce.

J'ai connu ce soir la soirée la plus horrible de ma vie. Papa s'est attaqué à moi lors du repas. Finalement, je pouvais m'y attendre. Pourquoi épargnerait-il son gamin de quatorze ans qui, comme il ne cesse de le répéter, ne fera jamais rien de bon dans la vie. Pour lui, un homme se doit d'être fort, puissant et ambitieux. Alors qu'a-t-il à faire d'un fils taiseux et rêveur dont le seul confident est une boule de poils qui ronronne lorsqu'on la cajole et qui le console les jours de spleen. Eh bien oui, papa, je le revendique haut et fort, j'aime mon chat plus que tout. Il est le guide de ma courte vie, l'exemple de sérénité à suivre, l'ami qui m'accepte tel que je suis, sans rien solliciter en échange, sinon une petite caresse de temps à autre.

***

Papa est formidable mais détestable.

Ah ! comme ils se sont moqués de moi. Même maman n'a pu s'empêcher de rire sous cape lors de l'étalage de tous mes défauts, de tous mes travers, lors de mon exécution.

Tout ceci, à la limite, j'aurais pu l'accepter s'il n'y avait eu cette ultime abjection lorsque papa m'a fait comprendre que moi, grand protecteur de la race féline, je venais de me régaler en dévorant mon propre chat et non, comme je me l'étais imaginé, un pauvre lapin.

Horrifié, j'ai poussé à ce moment-là un tel hurlement – un tel miaulement, devrais-je dire – avant de m'enfuir dans ma chambre, que tous furent pétrifiés.

Hormis papa, évidemment ! Jamais, je ne pourrai oublier la tirade diabolique qu'il me sortit alors, la bouche toute déformée : « Ah, ah, ah, il aime tellement son chat qu'il le mange ! »

***

Pépé Louis et mémé Jeanne sont morts un mois plus tard. Maman les a retrouvés un matin au lit côte à côte. Le médecin de famille a conclu à un suicide. Ils se seraient donné la mort pour partir ensemble.

En retournant dans leur campagne lointaine après l'enterrement, Oncle Pierre, Claudine et mes deux cousines, tant détestées, ont perdu la vie sur la route. Oncle Pierre aurait, selon toute vraisemblance, voulu éviter un animal surgi brusquement devant le capot de sa voiture sur une route départementale longeant une forêt. Je m'étais toujours interrogé sur l'utilité de ces panneaux de circulation routière signalant la possibilité de présence d'animaux sur la chaussée. Maintenant, je sais.

Deux mois plus tard, oncle Luc s'est tué au cours d'une balade le long d'une falaise près d'Étretat. Une chute malencontreuse. Pauvre oncle, il aimait tellement la marche.

Tante Claire a accueilli Nathalie chez elle, le temps qu'elle se console, dans son superbe appartement parisien situé au douzième étage d'une tour offrant une vue imprenable sur la capitale. Les pauvres, subjuguées sans doute par la beauté de la ville lumière, sont tombées – on ne sait trop comment – de leur terrasse du douzième, et sont allées s'écraser platement sur le trottoir devant l'immeuble. Enfin, au moins tante Claire aura-t-elle pu s'envoyer une fois en l'air avec l'objet de tous ses désirs !

***

Papa est formidable mais insensible.

Trois mois après cette dernière tragédie, il nous a emmenés, maman et moi, en safari au Kenya. Autant, il est vrai, profiter bien vite de l'argent que pépé et mémé avaient épargné, euro par euro, jour après jour, toute leur vie.

***

Papa est formidable mais téméraire.

Pourquoi, malgré l'interdiction formelle, est-il sorti de la jeep ? Ne pouvait-il se contenter, pour prendre ses photos, de rester sagement assis, en sécurité dans l'habitacle, près de maman et moi ? Aurait-il été défié ou que sais-je encore ? Son orgueil démesuré l'aurait-il tué ? Quoi qu'il en soit, ce léopard, surgi de nulle part à la vitesse de l'éclair, n'a pas hésité. Ravi de l'aubaine, il s'est contenté, d'un seul bond, de le saisir et de l'égorger.

***

Ah ! pauvre papa, comme il était formidable.

Curieusement, maman et moi sommes toujours vivants. Hasards de l'existence ?

Mais pourquoi cette femme si douce, si affectueuse, si aimante, a-t-elle accepté que l'on m'enferme sans véritable raison dans cette cellule blanche capitonnée ?

L'adieu

La douleur s'est estompée. Deux années de souffrances insupportables s'achèvent enfin. Une douce sensation de paix m'envahit. Un soulagement indéfinissable me submerge.

Un silence reposant règne autour de moi. Je suis étonnamment calme. Je suis en train de mourir, je le sais, et pourtant je suis paisible et heureux. J'ai accompli ma tâche, je peux m'en aller en toute quiétude.

Une lumière puissante, surgie de nulle part, envahit peu à peu l'espace plongé, il y a un instant encore, dans l'obscurité la plus totale. Cette immense clarté me submerge sans pour autant m'éblouir. Quelle légèreté, quel bien-être. Un sentiment de plénitude incommensurable m'emporte.

— Papa ! Papa !

Ce simple mot, répété deux fois d'une voix forte et suppliante, me renvoie soudain vers mon enveloppe charnelle. Comment avais-je pu les oublier ? Époux, père, grand-père, arrière-grand-père même, je suis... et je resterai.

J'ai froid, j'ai peur, je souffre à nouveau mais je ne peux les quitter. Je veux rester à leurs côtés. Ils ont besoin de moi. Il le faut. Je veux vivre. Vivre encore et toujours. Je veux profiter une dernière fois de la caresse du soleil sur ma peau, de la fumée enivrante d'une cigarette, de toutes ces petites choses qui rendent la vie moins dure, moins cruelle, plus supportable.

Un effort surhumain me permet d'ouvrir les yeux et de les apercevoir. Ils sont tous là, près de moi, bouleversés. Ils m'entourent, me consolent, me supplient de me laisser aller, de ne plus lutter. Ils ne supportent plus ma douleur. Ils souffrent avec moi, pour moi.

J'ai mal et ma souffrance n'est pas que physique. J'ai mal à l'âme de devoir les quitter, de devoir les laisser au bord du chemin. Trois fois, quatre fois, cinq fois, je sombre vers le néant mais trois fois, quatre fois, cinq fois, je refais surface. Mes dernières forces m'abandonnent mais j'ai encore tellement de choses à partager avec eux, encore tellement envie de toi, ma chérie.

Je t'aime. Je vous aime. Je vous ai tous aimés.

À bout de forces, j'ai lâché prise.

Je vous quitte et me dirige à tout jamais vers cette lumière apaisante, vers l'amour inconditionnel. Je suis en symbiose avec l'univers.

Est-ce donc cela la fin ?

Ondes mystérieuses

La première nuit

Nul bruit ne perturbe la quiétude de cette avenue bordée de chênes dont les feuilles lobées sont remuées délicatement par une brise naissante de printemps. Tout en profitant de la douce fraîcheur de la matinée, je marche d'un pas nonchalant vers une destination inconnue. De temps à autre, je croise quelques passants silencieux qui, tout comme moi, déambulent l'air perdu dans cette voie urbaine dans laquelle toute circulation de véhicule motorisé semble interdite. Je ne connais pas le lieu où je me trouve ni celui où je me dirige mais l'absurdité de cette situation insolite ne m'émeut guère. Je me sens heureux, bien dans ma peau et je profite simplement, sans me poser la moindre question, de ces quelques instants de béatitude qui me sont octroyés. D'ailleurs, pour mieux en profiter encore, sans me soucier de quiconque, je m'arrête soudainement au milieu du trottoir, abaisse les paupières, respire à pleins poumons l'air ambiant et jouis, plus encore, du moment présent.

Lorsque je me décide à rouvrir les yeux, je le vois ! Planté devant moi, à un mètre tout au plus, il m'observe.

— Oh ! papa, comme tu as changé.

Mon père me fait face et il me sourit affectueusement. Ah ! comme il m'a manqué celui-là. Quelle joie immense de le retrouver. Jamais, hormis sur de vieux clichés datant des années cinquante, je ne l'ai vu aussi beau, aussi jeune, aussi gai. Dans un élan naturel d'affection, je m'avance vers lui, l'enlace tendrement et pose mes lèvres sur sa joue droite pour l'embrasser.

— Mais papa, tes joues sont glacées !

Angoisse profonde : ce baiser, qui se voulait acte de retrouvailles, me renvoie vers le dernier baiser que je lui ai donné avant que l'on ne referme définitivement le cercueil dans lequel il reposait.

Désespéré, je me réveille.

Les chiffres bleutés du réveil radio indiquent « 03 h 25 ».

Aussi vite, un grésillement intense envahit la chambre plongée dans l'obscurité.

Tout endormi, j'essaie de réaliser ce qui se passe. Ce bourdonnement dérangeant ne peut provenir que du réveil. L'aurais-je mal réglé ? Je l'empoigne, je presse sur toutes les touches afin que cesse ce vacarme mais rien n'y fait.

En désespoir de cause, je secoue l'appareil vigoureusement, mais sans succès : le bruit assourdissant subsiste. Mon épouse, à présent elle aussi éveillée, me regarde d'un air interrogateur.

Je repose l'engin sur la table de chevet et il me vient alors d'idée de le débrancher mais, avant même d'avoir pu agir, le bourdonnement cesse aussi mystérieusement qu'il était apparu. Il est trois heures vingt-sept.

La troisième nuit

Je sonne.

Elle ouvre, elle me scrute du regard mais ne me reconnaît pas. Normal, nous n'avons pas dû nous rencontrer plus d'une dizaine de fois dans notre existence et certainement plus depuis, au moins, vingt ans. Comment a-t-elle fait pour rester telle que j'en gardais le souvenir ? Je me présente et je lui annonce la raison de ma visite : papa, son cousin, est décédé.

L'air incrédule, elle m'invite à entrer.

Me suis-je déplacé spécialement dans le sud de la France pour lui annoncer cette nouvelle qui, finalement, la concerne très peu ?

Je n'en sais rien, je suis là, sur la terrasse de sa maison provençale à écouter les cigales chanter aux alentours et à attendre qu'elle vienne me rejoindre avec des rafraîchissements.

— Alors, raconte-moi, que s'est-il passé ? Était-il malade ? A-t-il souffert ?

C'est alors que le malaise s'empare de moi. Je tente de répondre posément à ses questions mais je ne parviens plus, subitement, à aligner correctement plus de quatre mots avant de trébucher, tantôt sur une tournure de phrase, tantôt à la recherche d'un vocable. Cette situation n'est pas nouvelle pour moi : la fatigue me joue souvent de mauvais tours. J'ai appris, tant bien que mal, au fil des années à maîtriser ou, à tout le moins, accepter cette tare mais ici, dans de telles circonstances, je suis affreusement confus et un sentiment de désespoir infini et de profonde solitude s'empare de moi.

Cette désespérance est telle que je me réveille.

La tranquillité de la chambre n'est troublée que par le bruit agréable de la respiration régulière de ma douce moitié. Toujours chagriné par ce rêve, je jette un regard inquiet vers le réveil radio qui indique, j'en suis ébahi, trois heures vingt-cinq.

Et, aussi incroyable que cela puisse paraître, un grésillement continu surgit alors de nouveau, à ce moment précis, de cette boîte infernale. Je m'en empare et la secoue énergiquement mais rien n'y fait : les bruits curieux ne cesseront une nouvelle fois qu'à trois heures vingt-sept !

La cinquième nuit

Je m'éveille sans le souvenir d'avoir rêvé. Ai-je déjà oublié ?

Machinalement, je porte mon regard vers le réveil. Heure affichée : trois heures vingt-cinq. Je n'en suis même plus étonné. Au contraire, je le pressentais et je m'apprête à écouter attentivement les grésillements qui doivent débuter incessamment. Et s'il était possible de les interpréter d'une façon ou d'une autre ? Je dois savoir.

Les minutes s'égrènent ; les heures s'écoulent ; l'aube pointe.

Je n'ai plus dormi mais il ne s'est rien passé !

Carte rouge pour l'abbé

Lorsque le dirlo, originaire du même village que mon père, m'a proposé, il y a quelques jours, de l'accompagner avec papa dimanche après-midi à Lille pour voir le match de foot devant opposer mon équipe favorite à la formation locale, j'ai d'abord cru à une blague.

Comment imaginer, en effet, qu'un être si hautain, maniéré et aristocrate dans ses attitudes, puisse apprécier le ballon rond ?

Pourtant, je dois avouer m'être trompé puisque demain, c'est sûr, à treize ans, pour la première fois de ma vie, je vais pouvoir assister à une rencontre de football de première division et enfin apercevoir de visu toutes mes idoles dont les posters ornent les murs de ma chambre.

Moi, j'ai toujours adoré le foot. D'ailleurs, la seule chose qui me plaît réellement au collège, ce sont les récréations pendant lesquelles nous sommes contraints d'y jouer.

Y'en a qui râlent, qui en bavent, mais moi, une dizaine de matches qui se déroulent en même temps dans la même cour, ça me fait planer.

« Courez et dépensez-vous, belle jeunesse », nous ressassent à longueur de journée tous les abbés qui nous dirigent.

Leur intention est claire : éviter les conversations louches entre potes dans la cour. Pour eux, rien de tel qu'un bon petit match, obligatoire, trois fois par jour, pour se vider l'esprit et éloigner les démons de la luxure qui pourraient nous tenter et nous entraîner vers une folle débauche.

***

Ah ! je n'ai pas dormi de la nuit. Cette journée qui s'annonce, je l'ai vécue et revécue avant même de la vivre. Fatigué mais des étoiles plein les yeux, j'attends patiemment avec papa l'arrivée du messie pendant que maman me rappelle pour la nième fois que je dois être bien poli avec monsieur le directeur et que je dois veiller à ne pas salir ma nouvelle chemise et mon pantalon de communiant, ressorti pour l'occasion de la garde-robe dans laquelle il était soigneusement gardé. Dieu merci, je n'ai pas encore trop grandi et l'odeur de naphtaline devrait se dissiper rapidement au grand air.

***

— Bonjour, mon petit Pierre. Alors, qui va gagner ce fameux match ?

Pour la première fois depuis mon entrée au collège, je le trouve plutôt sympathique le quadragénaire. Même son rire hypocrite de directeur, habituellement carnassier, ne parvient pas à me déranger aujourd'hui.

— Les nôtres, Monsieur le directeur.

Et nous voilà partis vers l'éden dans une coccinelle crème, dernier cri. Comme le stade est distant d'à peine trente kilomètres, une petite demi-heure de route suffira à l'atteindre. Même si les amortisseurs de cette VW ne sont pas tops, ce déplacement est tout bonnement féerique pour papa et moi qui n'avons toujours connu que le vélo comme moyen de locomotion. De plus, Dieu est avec nous car le soleil brille de mille feux. Alléluia !

Quel monde. Jamais vu tant de gens réunis ! Les files d'attente devant les guichets de délivrance des précieux sésames sont interminables.

Ouf ! Après plus d'une demi-heure de queue, alors que j'ai bien cru que nous n'y arriverions jamais, nous obtenons tout de même trois places en tribune debout.

Vite, nous devons nous diriger vers les portillons d'entrée, le match débute dans dix minutes.

Aïe ! Aïe ! Aïe ! le stade est plein à craquer.

Tant bien que mal, il nous faut nous faufiler entre les supporters déjà installés aux meilleures places et bien décidés à ne pas nous céder le moindre angle de leur vue privilégiée sur le terrain. Après quelques légères bousculades, nous réussissons tout de même à nous dégotter un espace infime mais acceptable et, serrés comme des sardines en boîte – les normes de sécurité actuelles n'existaient pas à l'époque –, nous nous apprêtons allègrement à regarder les gladiateurs s'affronter dans l'arène. Bon sang, il était plus que temps car les équipes pénètrent déjà sur le terrain.

Mon père est à mes côtés, l'abbé juste derrière moi. Compressé, je peux à peine respirer, mais, à cet instant précis, je suis heureux.

Subitement, l'homme d'Église, du haut de son autorité d'ecclésiastique, indique à papa un espace tout aussi bondé, situé à une bonne vingtaine de mètres :

« Vas-y André, il me semble que tu y seras plus à l'aise et tu y auras une meilleure vision de la pelouse », lui dit-il sérieusement.

Tombant des nues, papa, guère convaincu par l'affirmation de son ami mais habitué à ne pas discuter les ordres de l'Église, s'en va alors, à contrecœur, tenter de traverser une nouvelle fois les rangs compacts de spectateurs furieux de devoir s'aplatir pour laisser passer cet imbécile qui a décidé de quitter une place chèrement acquise pour s'installer un rien plus bas.

Dans un brouhaha indescriptible, sous les clameurs de la foule, l'arbitre siffle les trois coups. Le match débute. Une émotion intense m'envahit. Je suis prêt à profiter au maximum de chaque instant de ce spectacle unique à mes yeux, prêt à communier avec le stade entier. Je tremble intérieurement. « Allez, allez, allez, allez ! »

**

Au début, absorbé par le match, je n'y ai pas prêté attention mais, bien vite, cela devint gênant, affreusement gênant.

L'homme d'Église commença par poser négligemment ses mains sur mes épaules, les descendit peu à peu pour me caresser le dos et finit, après quelques minutes, par me triturer les fesses.

Abasourdi, je me suis retourné et je lui ai envoyé un regard haineux qu'il n'a même pas croisé, occupé qu'il était à scruter le ciel avec béatitude.

Au secours ! À cet instant, bien qu'entouré de milliers de spectateurs, je suis seul, désarmé, en plein désarroi. Que faire ? Comment réagir ?

Soudain, une clameur enflamme dans le stade : notre équipe mène un but à zéro.

Aussitôt, les spectateurs chantent, crient, exultent. Une liesse folle submerge la tribune tout entière.

Absent, assommé pour le compte, je ne communie pas ; je ne réagis pas. Tout cela n'a déjà plus d'importance pour moi. Mon rêve est brisé.

Papa, j'ai besoin de toi ! Je le fixe intensément du regard et je prie pour qu'il se retourne. Miracle, après quelques secondes, mon père lève la tête et me fixe attentivement. Mon cœur bat la chamade : papa a saisi l'appel à l'aide, mon air malheureux dans cette ambiance festive ne lui a pas échappé. Il sait que quelque chose cloche.

Mais alors que je crois que tout va s'arranger, que nous allons pouvoir quitter cet enfer, le regard de papa s'écarte du mien et croise celui de son cher compagnon d'enfance qui lui sourit à pleines dents et qui, tout en continuant à me peloter les fesses, lui montre le terrain d'une inclinaison de la tête signifiant clairement que le spectacle se déroule plus bas. Papa a saisi la consigne, il détourne les yeux et il se remet à suivre tranquillement le déroulement du match.

À cet instant, je me sens perdu, désarmé.

Et mon calvaire n'est pas terminé puisque, profitant d'un nouveau mouvement de foule dans la tribune, le prêtre en profite pour s'approcher encore un peu plus de moi et me serrer au plus près. Ce ne sont plus les mains qu'il utilise à présent pour me labourer les fesses mais un engin, gonflé à bloc, avec lequel il m'envoie, de temps à autre, au gré des soubresauts de la marée humaine, de légers coups de butoir.

***

Mon supplice a pris fin peu avant la mi-temps alors que le score n'avait plus évolué. Sur le moment, j'ai cru à une intervention divine mais, bien plus tard à la maison, après avoir recouvré mes esprits, je me suis rendu compte que l'ecclésiastique s'était, tout simplement, déchargé de son trop-plein d'énergie dans son caleçon, jusqu'alors immaculé, et qu'il avait ensuite retrouvé un semblant de lucidité. Peut-être même a-t-il songé à cet instant qu'il lui faudrait se confesser.

***

À la maison, après le départ de ce cher directeur, il m'a fallu encaisser les reproches de maman, mécontente de mon peu d'empressement à remercier le brave homme pour cette journée fabuleuse.

« Ce n'est quand même pas parce que tes favoris ont été battus deux buts à un que tu dois tirer une tête d'enterrement et en vouloir au monde entier ; ce généreux directeur t'a offert un fameux cadeau, tu sais ? Non mais, tu as vu comment tu l'as regardé lorsqu'il t'a salué. Décidément, je ne pourrai jamais être fière de toi, petit être asocial. Ah ! on n'en a pas fini avec toi. »

Après un tel jugement, j'ai compris que toute tentative d'explication serait vaine, que je ne pourrais être considéré que comme un fabulateur désireux de se faire remarquer. J'ai préféré me réfugier dans ma chambre et j'ai trouvé réconfort auprès de ma vieille chatte, amie et confidente des bons et mauvais jours. Un sentiment de honte et de culpabilité s'est insinué en moi et mes larmes ont coulé sur son poil doux et soyeux. Elle seule m'a finalement permis de remonter des profondeurs dans lesquelles cet après-midi nauséabond m'avait envoyé. Ses ronronnements m'ont réconforté et donné la force, non d'oublier ni de pardonner, mais d'accepter. Elle m'a fait comprendre, au travers de son regard d'amour vert émeraude, que je n'avais rien à me reprocher et que, toujours, des âmes bien-pensantes il faut se méfier.

**

Personne n'a compris lorsque, deux années plus tard, le directeur du collège a accepté un poste de curé de campagne. Pourquoi un homme si cultivé, si distingué partait-il s'enterrer dans un village isolé ? Personne n'a compris ou voulu comprendre car, en ce temps-là, l'église, toute puissante, lavait encore son linge sale en famille.

L'horoscope

— Mais, nom d'un chien, arrête de croire à ces sornettes, ce n'est pas un horoscope qui va bouleverser ta vie. Je t'ai déjà répété cent fois que le type qui pond ces trucs niais n'a rien d'un extralucide. S'il l'était réellement, crois-tu qu'il s'amuserait à divulguer ses prévisions pour trois fois rien dans ton magazine pour jeunes filles boutonneuses.

— Oh ! arrête papa. Toi, tu ne crois jamais à rien. D'ailleurs, si je sers des petits gâteaux toute la journée à de grosses dindes, c'est de ta faute. Au lieu de m'encourager lorsque je voulais entrer à l'académie, tu n'as pas cessé de me dire que je n'y arriverai pas ; que de toute manière, même si je réussissais, je me retrouverais au chômage ; que c'est un monde de dépravés... Eh bien, regarde où j'en suis à présent ! Je ne suis rien d'autre qu'une dépravée.

— Zut ! Cécile, tu m'énerves. Je ne t'ai pas poussée vers l'académie, d'accord, mais je ne t'ai pas incitée, pour autant, à abandonner bêtement tes études et à aller bosser. C'est ton choix, non ?

— ...

— Bon, je dois aller boulotter, moi, et je te préviens que je rentrerai tard ce soir. Je dîne avec un client important. Les affaires sont les affaires, tu sais. Et si tu veux continuer à économiser ton salaire en vivant aux crochets de ton petit père adoré, celui-ci doit beaucoup travailler, que tu le veuilles ou non.

— Un client important, un client important ! Important pour satisfaire tes ardeurs sûrement. Ouais, je suis certaine que tu vas encore te taper une nana. Ah ! maman a bien fait de décamper finalement quand j'avais trois ans. Elle n'a pas dû rigoler souvent avec toi la pauvre. Elle devait porter de fameuses cornes avec un tel mari. Et puis, tu t'es regardé maintenant. T'as vu ce que t'es devenu : une éponge imbibée d'alcool qui se fait vidanger par la première donzelle venue deux fois par semaine. Ah ! il est beau, mon père. Faudrait d'ailleurs peut-être passer une annonce dans mon magazine pour fillettes attardées, comme tu as plaisir à l'appeler. Qu'est-ce qu'on pourrait y mettre ? Jeune quinqua bidonnant recherche, pour satisfaire besoins pressants, donzelle affamée bien sous tous rapports.

— Cécile, arrête de déconner. Je n'y peux rien si ta mère nous a largués il y a quinze ans et si elle n'a plus daigné te donner signe de vie depuis. Je ne suis pas là pour endurer tes humeurs massacrantes à longueur de journée. Allez ma grande, t'as l'avenir devant toi. Ton boulot de pâtissière, c'est rien que du provisoire. Tout va s'arranger, va. D'ailleurs, t'as pas lu ton horoscope aujourd'hui ? Allez, salut ma fille.

— Ouais, salut papa.

***

Pauvre père. C'est vrai que j'ai tendance à l'utiliser comme punching-ball. Je sais qu'il est responsable de rien finalement. C'est quand même pas évident pour un mec d'élever seul une donzelle. Il ne veut que mon bien, je le sais, mais c'est plus fort que moi, il faut que j'explose, que je lui rentre dedans. Mais il fait de son mieux, point barre. Il faudrait que j'essaie de lui dire que je l'aime, que je tiens à lui, que je suis toujours sa petite fille, malgré mes dix-huit ans. Et puis, il a bien le droit de vivre, lui aussi. Allez, demain, pour bien débuter la journée, je lui porte un petit-déjeuner au lit. Surpris qu'il sera le gaillard !

Oh, crotte ! déjà huit heures. Faut que je me dépêche si je ne veux pas perdre une demi-heure de salaire. Elle ne supporte pas grand-chose Madame Yvonne, et surtout pas les retards ! Allez, c'est parti pour la grande aventure. Ah ! je vois déjà la tête de papa si les prévisions de mon horoscope devaient se réaliser aujourd'hui. Oh ! c'est trop bon. Je me marre à l'avance.

***

— Philippe, c'est pour toi.
— Paul, j'ai demandé que l'on ne me dérange sous aucun prétexte. Tu sais que j'ai ce dossier à clôturer avant ce soir. Si le client accepte notre proposition et signe le contrat, on pourra engager sous peu quelques collaborateurs en plus dans la boîte, je te le jure.
— Philippe...
— Mais quoi, pourquoi tu fais cette tête ?
— Je crois que tu devrais répondre.

***

Ce matin, à huit heures quinze, en sortant de chez elle, Cécile Janson avait le sourire aux lèvres. Comme chaque jour de la semaine, à la même heure, elle s'est dirigée d'un pas alerte vers la pâtisserie, située au 12 de l'avenue Kléber, afin d'y prendre son service à huit heures trente précises. Ce matin cependant, contrairement aux autres jours de la semaine, Cécile Janson n'a pas salué sa patronne Madame Yvonne d'un « bonjour » tonitruant en franchissant le seuil de la porte. Non, ce matin, Cécile Janson, jolie jeune fille sans histoires, n'est jamais arrivée à destination.

***

Encore vierge à mon âge, ce n'est pas possible. Je suis mignonne pourtant.

Oh ! pas du type Angélina ou Monica, mais pas mal quand même. En plus, tout le monde le dit, je ne suis pas gnangnan et suis dotée de surcroît d'un bon quotient intellectuel.

Je sais d'ailleurs que je plais aux mecs, ça se voit dans leurs regards, ça se remarque dans leurs gestes, leurs attitudes. Alors quoi ?

Le grand malheur est que je leur fais peur. Mon gros problème, c'est ma timidité. Même les plus enhardis perdent consistance lorsqu'ils me croisent.

Tétanisée, sous le coup de l'émotion si un type agréable m'aborde, je ne sais que lui répondre et je ne réussis en général qu'à lui lancer un regard de côté si affreusement sombre qu'il interprète celui-ci aussitôt comme l'ordre, sans appel, d'une pimbêche de bas étage lui signifiant, d'un air hautain, de dégager illico.

Ah ! je les entends parler de moi entre eux : « T'as le béguin pour Cécile ? Oublie, elle va te fusiller. Aucune chance, mon gars. Elle attend le prince charmant, La Cécile. Et elle risque de l'attendre encore longtemps, cette gourde. Ah, ah, ah, ah ! »

La honte, j'en ai marre. Quitte à devoir aller me confesser ensuite, moi aussi je veux pécher.

Oh ! j'imagine déjà la scène inoubliable dans le confessionnal : « Pardonnez-moi, mon père parce que j'ai fricoté hors des liens sacrés du mariage ».

Allez, tant que je réussis à en rire, il n'y a aucune raison de désespérer.

***

Perdue dans ses réflexions pseudos amoureuses, Cécile est soudainement rappelée à la réalité par un miaulement plaintif.

Le feulement entendu provient, à n'en pas douter, du terrain vague qu'elle est occupée à longer d'un pas rapide.

Bien que pressée, la jeune fille s'arrête aussitôt et tente de situer l'endroit exact d'où provenait l'appel au secours.

En cette période de fin d'année, sa tâche n'est pas aisée car, bien qu'il soit presque huit heures trente, la noirceur de la nuit ne s'est pas encore totalement dissipée.

— Minou, minou.

« Mais pourquoi a-t-on toujours tendance à crier minou, minou, pour héler un chat inconnu ? » s'interroge-t-elle.

Cécile n'a cependant guère le temps de tenter de répondre à cette question essentielle car le miaulement angoissant reprend de plus belle.

Plus de doute pour elle à présent : il s'agit bien du cri de détresse d'un chat !

— Minou, minou.

Sans réfléchir et d'un pas décidé, la jeune fille s'enfonce dans le terrain vague et se laisse guider par les appels répétés mais de plus en plus faibles de l'animal. Quelques secondes suffisent pour que ses chaussures et le bas de son jean soient complètement détrempés et maculés de boue.

« Et zut ! Dans quoi me suis-je encore fourrée ? Ce n'est pas possible, je suis trop conne. Mais fais comme tout le monde Cécile : apprends l'indifférence. Si les sans-abri claquent dans la rue, pourquoi pas les chats ? », pense-t-elle, chagrinée.

Cécile poursuit cependant et, après avoir parcouru tant bien que mal une bonne centaine de mètres dans la gadoue, une vision cauchemardesque la fige sur place.

Là, derrière la rangée de peupliers, suspendu au mur d'un blockhaus, vestige indestructible de la deuxième guerre mondiale dont elle ignorait totalement la présence dans le quartier, un chat noir famélique, les yeux injectés de sang, la queue enserrée par un fil de fer barbelé fixé au mur de béton armé par un vieux clou rouillé, agonise la tête en bas.

Abasourdie par cette atrocité, Cécile réussit cependant à surmonter son épouvante et à s'élancer vers le pauvre félin pour tenter de lui porter secours mais, avant même d'avoir eu le temps de reprendre son souffle et recouvrer ses esprits, avant même d'avoir pu prendre conscience du danger imminent, avant même d'avoir pu appeler à l'aide, son cœur, transpercé par la lame du couteau de l'agresseur surgi devant elle, avait cessé de battre.

***

Affalée sur le sofa, Adeline, tout en avalant une troisième tablette de chocolat, son remède favori contre le spleen qui trop souvent l'envahit à son goût, se délecte à la lecture des horoscopes publiés dans « Belle et jolie », son hebdomadaire favori.

« Flûte ! s'écrie-t-elle soudainement, à un jour près, c'était pour moi. Si j'avais su à l'époque, avant de pointer le bout du nez, je serais restée blottie bien au chaud quelques heures de plus dans le ventre de maman et je ferais partie aujourd'hui des privilégiées de la semaine. »

Capricorne : Pour les natives du deuxième décan, une rencontre hors des sentiers battus qui va bouleverser votre existence, vous chavirera le cœur et vous mènera tout droit au 7e ciel.

Isabelle se lâche

« Un jour froid et gris d'hiver, en des temps immémoriaux, une jeune dame, fille d'un serviteur de la maréchaussée et épouse épanouie d'un coupeur de têtes animales mit au monde, dans un recoin perdu de la Beauce profonde, une enfant adorable.
Chacun, en la découvrant, s'extasiait devant elle.
Sa frimousse, toujours illuminée d'un sourire enchanteur, ravissait sa grand-mère maternelle, fière de cette descendante promise, à n'en pas douter, au meilleur des destins.
Après concertation avec les autorités du village, représentées comme il se doit par le prêtre, le docteur et l'instituteur, il fut convenu de la prénommer Isabelle, et non pas Gertrude ou Cunégonde, comme il était d'usage à l'époque. »

Tout en sirotant une bière, affalée dans mon fauteuil, mon peignoir fatigué d'avoir été trop porté sur les épaules, la larme à l'œil et les cheveux en bataille, je relis le premier paragraphe d'un des livres médiocres écrit, il y a une éternité, par celui dont je fus, tout un temps, éperdument amoureuse, entendez par là mon affreux mari, écrivaillon de pacotille.

Mais quel crétin, ce type ! Comment ai-je pu l'aimer celui-là ? Que dis-je, aimer. Adorer, oui ! Il fut une époque où je ne pouvais imaginer la vie plus de deux heures sans lui. J'avais constamment besoin de l'avoir près de moi, de le tenir, de le toucher, de l'embrasser.

Pouah ! la vie à ses côtés, maintenant, rien qu'à y penser, j'en ai des haut-le-cœur. Il m'horripile. Heureusement que les occupations pour nous éloigner l'un de l'autre, une grande partie du temps, ne manquent pas.

Et pour ce qui est de tenir, toucher, embrasser : beurk ! Il peut toujours rêver le gros porc. Mon lit, il ne le verra plus. Sapristi, je bénis le jour où j'ai eu l'idée géniale de lui proposer de faire chambre à part.

Ouais, y'a pas à dire, avec le temps mon prince charmant est devenu le gros puant.

Pas de doute, les années dans un couple, ça use. D'autant plus qu'il faut ajouter à ce tableau, pourtant déjà tellement dramatique, les deux petits anges que j'ai enfantés ; petits anges devenus très vite petits morveux, et à présent grands feignants. Et qui, cerise sur le gâteau, lui ressemblent tellement !

Bien, après avoir prêté l'oreille à la relation de ce désastre, tu me pardonneras aisément, je crois, bien-aimée Supra, chatte chérie, mes écarts de langage.

Au fait, si je te bassine avec mon histoire banale et insignifiante de couple, c'est parce que j'ai revu « Cendrillon » à la télé ce soir.

À l'époque, moi aussi, j'y ai cru au prince charmant lorsqu'il me pondait sa prose à dix sous. Cruelle désillusion.

Ah ! petit cœur, je crois que si tu n'avais pas été régulièrement à mes côtés depuis tous ces longs mois, à écouter attentivement mes jérémiades tout en ronronnant, il m'aurait fallu, pour éviter de devenir folle, aller me libérer de toutes mes frustrations sur le divan d'un psy. Sans le savoir, tu m'as donc vraiment permis, amie fidèle des bons et mauvais jours, l'économie d'une analyse.

Merci, ma grosse boule de poils, je t'en suis reconnaissante.

Zut, la porte d'entrée qui s'ouvre !
Hélas, je crois qu'ils sont déjà de retour !
Vite, quitte mon ventre douillet, petite minette chérie, la séance est terminée.
— Isabelle chérie ?

— ...
— Maman d'amour ?
— Oui, oui, mes chers loulous !
— Nous sommes rentrés !
— Je suis dans le salon, mes poussins adorés. Venez vite câliner maman chérie. Ah ! si vous saviez comme vous m'avez manqué tous les trois. Quelle journée désespérante j'ai pu passer sans vous. Je vous aime tant !

Ils avaient donc raison

Ils avaient donc raison !
Ah ! je n'ai vraiment pas de quoi être fier, moi qui les avais toujours considérés comme de doux utopistes. La vie après la vie ? Foutaises, délires, illusions pour aider à mieux supporter l'existence, pensais-je. Et pourtant.

Mais comment cela est-il possible ? À vrai dire, je n'en sais rien mais force m'est de constater, puisque je l'expérimente à cet instant précis, que cela est parfaitement possible. Inouï : je suis mort et cependant toujours être pensant.

Et maintenant ?

J'attends. J'attends quoi ? Mais le terme attendre est-il encore approprié alors que tout a disparu ici, y compris l'espace-temps. J'ai l'impression de flotter, de me déplacer dans un vide sidéral infini. Hébété, je vagabonde dans cet univers inconnu des vivants.

Ne semble subsister que ma conscience d'exister.

On vient.

Je ne vois rien, je n'entends rien, je ne suis plus rien mais j'ai la certitude que l'on vient, que quelqu'un s'approche de moi. J'ai peur. Zut ! même mort, il est donc encore plausible d'éprouver des sentiments.

Voilà. Je les ai vus ou, plus exactement, je les ai perçus. L'un après l'autre, ils se sont approchés de moi et m'ont souhaité, chacun à leur manière, la bienvenue dans ce lieu de paix et de sérénité où, m'ont-ils précisé, je pourrai désormais m'accomplir pour l'éternité.

Il n'y a pas de doute, je fais partie des élus. Je suis au paradis.
La seule chose qui m'ennuie dans ce lieu de félicité, c'est que

ces braves gens qui se sont avancés avec énormément de complaisance vers moi et qui méritent, à n'en pas douter, leur paradis pour leur vie exemplaire, je les avais tous côtoyés à un moment ou l'autre sur terre.

Et tous, sans exception, pour des raisons diverses qui me sont personnelles, je les ai détestés, abhorrés, exécrés.

Imaginez le supplice insupportable pour moi de les revoir maintenant surgir de nulle part avec leurs regards mielleux et leurs sourires hypocrites.

Nulle trace, par contre, des âmes qui m'étaient chères et que j'aurais tant voulu retrouver.

Leur paradis serait-il mon enfer ?

En me léchant délicatement le visage de sa langue râpeuse, mon brave chat me sortit miraculeusement de cet éden pourri.

Ah ! si Dieu pouvait être chat.

Un pari malheureux

Pourquoi le premier août 1946, soit il y a très exactement soixante-six ans, trois mois, deux jours aujourd'hui, a-t-il fallu que je fasse le malin devant les copains en pariant bêtement un franc avec eux que cette fille, à l'air coincé, nous lorgnant du coin de l'œil avec ses deux copines, terminerait la soirée dans mes bras ?

Ah ! cette joyeuse époque d'après-guerre. Nous avions tant de choses à rattraper. Après cinq années odieuses truffées de brimades et de frustrations, nous mordions à pleines dents dans la liberté retrouvée. Nous devions vivre, vivre, et encore vivre ! Nous venions de fêter nos vingt ans, nous étions jeunes, nous étions beaux, nous étions insouciants. À la vue de nos superbes uniformes, fraîchement amidonnés et repassés, toutes les demoiselles en mal d'amour et trop longtemps sevrées se pavanaient devant nous, se roulaient langoureusement à nos pieds.

Nous nous sentions puissants, irrésistibles, insubmersibles.

Douce illusion dont je fis l'amère expérience. En deux heures, cette donzelle au regard amouraché réussit à me couler pour la vie. Je gagnai haut la main mon pari mais lorsque ma belle Arlette m'annonça fièrement, trois semaines après avoir passé la nuit ensemble, que j'allais être papa, ma vie bascula irrémédiablement.

Grosse tuile.

Nos fiançailles, forcément courtes car demoiselle voulait un mariage en blanc, se déroulèrent sans anicroches. Toujours d'humeur joyeuse, ma future moitié irradiait le bonheur et me couvrait sans cesse de câlins. De mon côté, j'apprenais à la connaître, à l'apprivoiser et, ma foi, à l'aimer sincèrement. J'en arrivais à me persuader que, finalement, j'avais gagné le gros lot avec elle.

Je ne croyais pas si bien dire : j'avais hérité d'un fameux gros lot !

Tout débuta le lendemain de notre nuit de noces. Je ne sais pour quelle raison, Arlette se leva de fâcheuse humeur et commença à me reprocher mille et une petites choses de la vie quotidienne. Mes immenses qualités de la veille étaient subitement devenues d'insupportables défauts à ses yeux. De cette bouche, hier encore adorée, ne sortaient plus subitement que cris et hurlements blessants.

Abasourdi, je n'ai pu réagir mais, à y repenser maintenant, j'aurais dû la quitter sur-le-champ car, depuis lors, et deux enfants, quatre petits-enfants et deux arrière-petits-enfants plus tard, il ne s'est plus passé un jour sans qu'elle n'aboie des heures entières en me montrant les crocs. Un comble pour quelqu'un qui, comme moi, adore les chats.

Les premiers temps, j'ai continué de l'aimer, ai essayé de la comprendre, ai cherché tant bien que mal à la raisonner. Peine perdue. Toutes mes tentatives se soldaient par une augmentation de sa rancœur à mon égard, par une multiplication de ses crises violentes. Le jour où je lui ai conseillé de se faire soigner, j'ai bien cru que ses hurlements ne cesseraient plus. Honte à moi, qui osais suggérer que j'avais épousé une folle.

Par couardise, sans doute, je n'ai pas voulu la laisser, et il m'a donc fallu m'armer de patience et apprendre à vivre, tant bien que mal, toutes ces longues années dans une ambiance délétère. Heureusement, le travail me permit longtemps de m'évader ; il m'aida à oublier la présence à la maison de cette femme acariâtre et, de surcroît, frigide. Inutile de vous préciser que dans ces conditions délicates, je vécus affreusement mal ma mise à la retraite à l'âge de soixante ans. Pour réussir à m'échapper encore quelques moments chaque jour, il fallut que je me découvre une passion subite et forcenée pour le jardinage. Hélas, une affreuse arthrose m'obligea ensuite, à l'approche de mes quatre-vingts ans, à remiser définitivement binette et râteau. À l'heure d'entrer dans le quatrième âge, mon ultime protection, mon unique rempart face à une telle furie volait en éclats. Je me retrouvais dès lors désemparé, en tête à tête jour et nuit avec un roquet femelle ne cessant de japper. Par bonheur, seul bienfait positif de mon âge avancé, une légère surdité atténuait la portée des vociférations de cette harpie.

Une poigne énergique beaucoup plus franche que celles qui l'ont précédée me sort soudainement de la léthargie dans laquelle cette cérémonie funèbre m'a plongé. Mon vieux voisin de palier, témoin auditif de tant d'années de martyre, me fait face. Il n'a pas l'air attristé qu'il est convenu d'adopter en de telles circonstances. Nulle parole de réconfort, nul éloge de sa part pour la disparue. Son regard pétillant part simplement à la recherche du mien. Je ne puis m'empêcher, en le fixant, d'esquisser un léger sourire.

Soixante-six ans, trois mois, deux jours.
Enfin seul.
Ne me reste qu'à recueillir un chat !

Le journal intime de Clothilde

<u>Lundi 6 février</u>

Cher journal,
 Même si Sarah a toujours été géniale pour nous dénicher des escapades hors du commun, j'aurais pourtant dû me méfier lorsqu'elle m'a proposé de l'accompagner ce week-end dans la Creuse pour un bref séjour dans une auberge authentique de la cité médiévale de Bourganeuf.
 Sérieusement, deux donzelles de vingt ans en mal d'amour avaient-elles la moindre chance de trouver leur chevalier servant dans cette terre d'espace et de nature ?
 Va savoir pourquoi j'ai accepté ?
 Le nom peut-être ; ou alors le prix !
 Moi qui rêvais des nuits chaudes et luxurieuses d'Ibiza, j'ai dû me contenter des nuits glaciales d'une campagne désolée.
 Ici, pas de stars mais beaucoup d'étoiles ! Et comme, excepté la pêche que je déteste, il n'y a rien à faire dans ce bled, j'ai eu tout le temps de les contempler : Grande Ourse, Petite Ourse, Orion. J'en passe et des meilleures. Ah ! le beau brun ténébreux au torse affriolant qui, au comble de l'excitation à la vue de mon corps de déesse, se dénude fiévreusement devant moi, ce sera une nouvelle fois pour plus tard. Le seul mâle imposant doté d'un attirail spectaculaire rencontré dans cette région désertée broutait dans une prairie avoisinante dans l'attente de l'arrivée peu probable d'une vache à saillir.
 Je hais définitivement les bovidés. C'est horrible, et tiens-le pour toi, ami journal des bons et, surtout, moins bons jours, mais pour atténuer ma déception, je me suis lâchement vengée

le soir en engloutissant, sans coup férir, deux énormes steaks lors du dîner.

À propos de dîner, quelle cata ! Au resto, hormis Sarah et moi, rien que des vieux croûtons. Établissement interdit aux moins de cinquante balais ! De plus, il n'y avait évidemment pas de serveur. Allez, nous nous serions bien contentées d'émoustiller un jeune gringalet boutonneux, à la limite éjaculateur précoce, mais non, même ce plaisir furtif nous fut refusé. Ici, mesdemoiselles, le patron est aux fourneaux et sa moitié en salle. Oh ! lorsque je dis moitié, je commets une erreur de poids. Je devrais plutôt préciser son trois-quarts ou encore son quatre cinquième. Ah ! elle était bien gentille la truie, mais tellement grosse, mais tellement grasse. Pouah ! Hors de question pour l'aubergiste de faire joujou sous la dame, les risques d'étouffement seraient trop élevés.

Vois-tu, cher journal, pour aborder les choses de façon positive, je dirais que ce fut un plaisir divin pour moi de prendre la route du retour le dimanche après-midi et que jamais, au grand jamais, je ne me suis sentie plus en forme un lundi matin.

Se coucher le samedi soir avec les poules procure un sentiment infini de... frustration.

Vivement samedi.

Nouveau week-end, nouvelle chance.

À très vite, ami intime.

Dernière promenade

Mercredi 20 février.
Bien que les dix coups n'aient pas encore retenti au carillon du beffroi, le centre-ville, habituellement pourtant encore animé à cette heure pas si tardive, s'est assoupi prématurément. Le vent glacial qui souffle par rafales en cette triste soirée d'hiver a ôté chez chacun l'envie de flâner dans les rues de la cité.
Bien au chaud au volant de sa voiture, l'homme roule paisiblement dans l'avenue bordée de boulots qui mène au cinéma lorsque son attention est soudainement attirée par une voiture de couleur blanche à l'arrêt, à faible distance, au milieu de la route. Arrivé à hauteur du véhicule, il remarque que personne ne se trouve dans l'habitacle et il tente donc, malgré l'étroitesse de la chaussée, de le doubler par la gauche. Alors qu'il s'apprête à reprendre de la vitesse après avoir réussi, au prix d'une manœuvre délicate, à amener le capot de son véhicule à hauteur du capot de l'engin immobile, son sang se glace car il l'aperçoit là, gisant en travers de la chaussée, à quelques mètres de lui.
Allongée sur le sol, une jeune chatte, au pelage noir luisant, tente désespérément de se redresser sur les pattes mais, malgré des efforts inouïs, elle n'y parvient pas. Les yeux hagards, elle ne réussit qu'à remuer légèrement la tête. Sa détresse est énorme ; elle ne peut comprendre sa soudaine paralysie. Sa queue, dressée à l'horizontale, bat l'air d'une cadence accélérée, trahissant sa profonde angoisse.
Surgie du plus profond de cette nuit noire, une jeune inconnue au visage émacié s'approche alors gauchement de la chatte. Son regard traduit sa profonde désolation. La fille, conductrice présumée du véhicule à l'arrêt, a assisté, à n'en pas douter, à l'accident. Les larmes aux yeux, elle se baisse et avance délica-

tement la main vers la pauvre minette, lui touche tendrement la tête et commence à la caresser affectueusement. Comme apaisée par ce réconfort inattendu, la pauvre chatte cesse très vite de remuer frénétiquement la queue et se met même à ronronner. Puis, après quelques interminables minutes, elle s'endort à jamais.

Alors qu'elle s'apprête à ramasser le petit cadavre pour le déposer sur le bas-côté de la route, la jeune dame se retourne subitement et aperçoit l'homme, à la mine patibulaire, debout, à quelques mètres d'elle. Il l'observe et il n'a manifestement rien perdu de la scène. Confuse, elle le laisse approcher et, toute rougissante, lui murmure alors d'une voix presque inaudible :
— Je suis ridicule, n'est-ce pas ?
— Pourquoi le seriez-vous ? se contente-t-il de lui répondre avant de la saluer et de rejoindre son véhicule.

Le tueur, amoureux inconditionnel des chats, a repris sa route en quête d'une autre proie. Il ne pouvait décemment s'attaquer à une demoiselle ayant apporté amour et réconfort à une pauvre minette à l'agonie.

Les six dernières heures

18 h 15
Je pénètre dans la chambre dans laquelle il a été déplacé cet après-midi.

Allongé sur le lit, dans un état comateux, il est incapable de remuer. Sous l'action du respirateur, sa cage thoracique se soulève et s'abaisse dans un mouvement mécanique régulier de va-et-vient. Seul le souffle bruyant de sa respiration prouve que la vie ne l'a pas encore abandonné.

L'ambiance qui flotte dans la pièce est pesante.

Son épouse, assise à ses côtés, est tétanisée. Sa fille a le regard vide. Elle m'apprend cependant que le médecin a assuré que la souffrance ne l'habite plus.

La faveur de vivre paisiblement ses dernières heures lui a donc été accordée.

« Peut-il toujours nous entendre ? Pressent-il l'imminence de sa fin ? »

19 h 45
Son épouse, épuisée, s'en va se reposer quelque peu. Il a été convenu qu'elle reviendrait le lendemain, dès l'aube.

Sa fille, ma bien-aimée, retourne auprès de nos enfants, perturbés eux aussi par l'issue tragique qui s'annonce.

« Ont-elles conscience toutes les deux, en l'embrassant, de lui dire adieu ? »

20 h 00
Pour le soulager de son inconfort, deux infirmières le changent de position.

Les genoux sont froids, la circulation sanguine est basse.

L'aînée, la petite quarantaine, a les larmes aux yeux. Elle sait, bien sûr !

« Merci madame. Votre extrême sensibilité, que tant d'années passées à côtoyer misère et souffrance ne sont pas parvenues à éliminer, vous honore. »

20 h 05
Je lui tiens les mains, tente de les réchauffer.

Comme j'ai le sentiment étrange qu'il peut m'entendre, j'ai décidé de lui parler. Tout ce qu'on n'ose se dire habituellement, par pudeur, par fierté, par je ne sais quoi encore, je le lui dirai ! J'espère qu'il m'entendra, que mes paroles l'apaiseront, qu'elles lui permettront d'accepter enfin la délivrance, la paix.

« Sa soif de vie a toujours été immense mais, à présent, la lutte est devenue trop inégale. Il lui faut se résoudre à rendre les armes, à capituler. »

20 h 30
Les infirmières, d'un dévouement extrême, repassent quelques instants.

Rien n'a changé. Le souffle bruyant de sa respiration laisse place, de temps à autre, l'espace de courtes périodes d'apnées, à un silence angoissant qui envahit la chambre.

Les regards de réconfort des deux femmes dans ma direction en quittant la chambre sont d'une tendresse émouvante.

« Face à la mort, la pudeur des sentiments s'estompe pour laisser place à la sincérité, la vérité. »

21 h 15
Bruits de pas dans le couloir et chuchotements précèdent l'ouverture soudaine de la porte et l'irruption dans la chambre d'une nouvelle silhouette. Suivie de ses deux collègues, l'infirmière de nuit qui a débuté son service vient se rendre compte

de visu de la situation. Elle me promet de repasser très vite. Après un dernier regard dans la direction du lit, ses consœurs s'éclipsent définitivement.

« Comme il doit être difficile de laisser au vestiaire la misère accumulée sur les épaules tout au long de la journée pour, ensuite, s'en aller retrouver joyeusement les siens. »

Dès leur sortie, nous reprenons notre conversation aux allures de monologue.

Je lui parle encore et encore. De tout, de rien. De banalités, de futilités mais aussi de l'essentiel.

Je le remercie pour les enfants et le prie, plus que jamais, de ne plus lutter, d'accepter. Il a assez souffert, assez combattu.

Je lui réchauffe les mains ; je veux qu'il sente une présence à ses côtés ; je ne veux pas qu'il puisse croire avoir été abandonné !

« Courage, valeureux soldat. »

22 h 15
L'infirmière de nuit me propose gentiment de revenir pour le déplacer un peu dès que sa collègue occupée à un autre étage sera disponible. Je l'en remercie.

C'est drôle mais une petite réception se déroule au réfectoire de la clinique. De la fenêtre de la chambre, j'aperçois des gens qui discutent, rient, s'amusent.

« Une vie s'arrête mais la vie continue. Fin d'un monde mais pas du monde ! »

23 h 00
La porte s'entrouvre. À ma grande surprise, l'une des infirmières de jour est de retour. Elle souhaite simplement s'enquérir de son état et le réconforter une toute dernière fois.

« Sollicitude admirable de cette dame envers un mourant. »

23 h 15
Tandis qu'au réfectoire, la petite fête continue, les deux soignantes refont le lit et le déplacent un peu.

« Vision étrange dans cette chambre plongée dans la pénombre que celle de ce corps nu décharné dont les jambes légèrement pliées sur le côté me font songer à la position d'un crucifié. »

23 h 30
Les minutes s'égrènent lentement.
La bouteille thermos est vide, je n'ai plus de café.
Sur le fauteuil, à ses côtés, bercé par le souffle bruyant de sa respiration, je me décide à fermer les yeux et me permets de rêvasser quelque peu.
« Le temps semble s'être arrêté. »

0 h 15
Nouveau passage de l'infirmière de nuit.
— Rien de neuf ?
— Il est calme ?
Délicatement, elle lui injecte avec une fine seringue un énième produit dans les veines. Un nouveau calmant, je suppose.
« Matraqué de barbituriques, a-t-on seulement encore conscience d'exister ? »

0 h 22
Pendant quelques secondes, sa respiration reprend un rythme normal.
C'est exactement comme s'il lui était redevenu possible de respirer à nouveau librement sans aide mécanique.
Une fraction de seconde, j'imagine l'impossible réveil !

Mais l'illusion ne dure pas et, soudain, la respiration cesse ! Instant irréel que ce passage de vie à trépas : je le vois s'en aller, je le sens s'en aller.

L'espace d'un simple claquement de doigts, il est parti. Calmement, sereinement, dignement.

Irrémédiablement, la vie a quitté ce corps usé qui a tant lutté.

Un vide incommensurable envahit la pièce.

Je suis seul, seul avec un cadavre !

« Comme tant d'autres aujourd'hui, un être a tiré sa révérence. D'autres horizons ou le néant l'attendent, peu importe, une seule chose est sûre en cet instant : il nous a quittés à jamais ! »

Je sonne.

0 h 23

L'infirmière de nuit fait irruption dans la chambre et me lance d'un air incrédule :

« Il est mort ? »

En guise de réponse, d'un signe de la main, je ne puis que lui montrer le corps gisant sur le lit. Elle s'en approche, tâte le pouls, me confirme que le cœur s'arrête lentement.

Il déglutit encore deux fois. C'est fini.

Abattus, nous restons prostrés tous deux de longues minutes près de lui.

« Personne ne s'habitue à la mort, celle-ci surprend toujours, vous prend aux tripes. »

Adieu l'ami.

Une nuit agitée

Faire étape dans un village perdu au milieu de nulle part ! Il n'y a pas à dire, papa et maman sont champions toutes catégories en matière d'idées débiles. Marc, mon grand frère adoré, et moi, sa frangine merveilleuse, aurions préféré parcourir d'une traite les mille deux cents bornes qui séparent notre domicile de notre futur lieu de villégiature ou, à la rigueur, dormir dans un de ces hôtels standards qui longent l'autoroute. Mais non, il nous a fallu faire un détour de quarante kilomètres et emprunter à allure de diligence des chemins bosselés peu carrossables pour aboutir dans cette ancienne demeure de maître transformée en relais campagnard. Ah ! les vieux, je vous jure, ils peuvent être tordus. Enfin, à treize et douze ans, il faut bien encore se plier au diktat des parents. Notre révolution devra encore attendre un peu. Et la mer et le soleil, ça sera pour demain.

***

Comme par hasard, alors que papa et maman ont eu droit à une chambre rénovée et, ma foi, assez luxueuse au 1er étage de l'établissement, nous avons été logés par la gérante, une vieille mégère frustrée de ne jamais avoir connu l'amour, dans une pièce sous les combles qui devait sans doute être à l'époque un réduit pour bonnes ou, plutôt, vu ses dimensions quand même assez imposantes, une garçonnière de majordome.

— Ce sera parfait pour vos chérubins, madame, vous verrez comme ils s'y amuseront, osa affirmer sérieusement la logeuse en passant les clés à maman qui souriait béatement.

Mais elle nous prend pour qui madame cul sec ? Des chérubins, non mais je rêve.

Heureusement que demain matin on se taille car je sens la crise d'urticaire me menacer.

Pour s'amuser, on va s'amuser !

Question confort, c'est le top du top : une pièce mal éclairée sans mobilier hormis une table minuscule, une chaise branlante sur laquelle personne n'oserait s'asseoir et deux lits à l'armature de fer probablement rachetés à un orphelinat roumain, placés à cinq mètres l'un et l'autre, aux deux extrémités de la chambre.

Pour espérer approcher l'unique tabatière et avoir une vue lointaine et imparfaite sur le parc entourant l'habitation, il nous faudrait nous hisser à tour de rôle sur la chaise. Mission impossible. Téméraires : oui ; casse-cou : non ! Je passe sur les toilettes dans le couloir et, bien sûr, cerise sur le gâteau, sur l'absence de télé. Mais on est où là ?

Vous l'aurez compris : le grand délire dans une chambre lugubre, interdite aux claustrophobes.

— Oui, maman, je sais, ce n'est que pour une nuit mais quand même !

— Oui, maman, nous râlons tout le temps, nous ne sommes jamais contents. Bonne nuit, maman. Embrasse papa et profitez bien de votre petit nid d'amour.

Nous, tout ce qu'il nous reste à faire, c'est dormir.

***

Mais quelle heure peut-il être ?

Je viens de m'éveiller brusquement et un étrange malaise m'envahit.

Un silence pesant, assourdissant hante la pièce, plongée dans l'obscurité la plus totale.

Mon frère est-il endormi ou, lui aussi, éveillé ? Je n'ose l'appeler ; il risque de me traiter de grosse froussarde. Il est vraiment dommage que nos lits soient si éloignés. Comment est-ce possible ? Je n'ai jamais vu cela, nulle part !

À l'aide !

Il y a quelqu'un derrière la porte, j'en suis sûre.

J'ai entendu distinctement le plancher du couloir couiner deux fois, le genre de grincement qui se produit inévitablement si l'on se déplace en voulant à tout prix n'émettre aucun bruit.

Je dois m'efforcer de rester calme, de ne pas remuer la moindre parcelle de mon corps.

J'ose à peine respirer. J'essaie de fixer attentivement cette maudite porte — l'a-t-on seulement fermée à clé ? — mais les ténèbres m'empêchent de l'apercevoir distinctement.

J'ai maintenant l'impression que la clenche s'abaisse, légèrement, lentement, inexorablement. Mon regard se brouille, je n'en peux plus.

Je me décompose, une sueur froide me coule le long du dos.

J'ai peur, j'ai horriblement peur.

Dans le parc, le vent s'est levé brusquement et s'engouffre en émettant un sifflement aigu par les interstices d'aération situés dans le toit, juste au-dessus de nos têtes.

Il me semble à présent entendre respirer tout près de moi, ou est-ce le bruit de ma propre respiration ?

Je me réfugie sous les couvertures au plus profond du lit. Je suis tétanisée, mon cœur qui s'emballe est prêt à éclater, ma vie s'achève.

Perdue dans d'horribles scénarios aux fins plus atroces les unes que les autres, je suis au comble de l'horreur et je n'ose même plus ouvrir les yeux.

Soudain, mes couvertures se soulèvent légèrement et quelqu'un tente de prendre place à mes côtés.

Je suis au bord de l'évanouissement et m'apprête à être dévorée par un spectre infâme.

***

Sauvée !

Je suis sauvée !

Marc, mon petit frère adoré, a pris place à mes côtés.

J'ai sans doute été victime d'un méchant rêve ou d'une hallucination.

Bon Dieu, quel réconfort de se trouver réunis.

Cependant, mon frérot n'est guère plus fringant que moi : il claque des dents, a les pieds glacés, la peau moite et gémit bizarrement. Aurait-il, lui aussi, éprouvé ce curieux malaise ?

Peu importe, tout est oublié, et à deux l'on se sent forcément plus fort.

Blotti contre moi, il se réchauffe et je me réchauffe ; il s'apaise et je m'apaise, et mon cœur qui s'était emballé retrouve peu à peu un rythme de pulsations régulier. Puis, enfin entièrement détendue, je replonge dans les bras de Morphée pour une nuit que j'espère reposante.

Ah ! on a beau être vaillants, ces vieilles demeures qui craquent de tous côtés, cela fait flipper.

***

— Les enfants, l'Espagne nous attend, levez-vous.

— ...

— Alors, vous avez passé une bonne nuit ?

— Bonjour, maman. Ah ! super, j'ai dormi comme un loir. À peine au lit, je me suis écroulé comme une masse et j'ai sombré dans un sommeil pas possible. Je crois d'ailleurs que je n'ai pas bougé d'un poil toute la nuit.

— Et toi, ma puce ?

— ! ! ! ? ? ?

— Ma puce ?

Mon sang se glace ; je suis pétrifiée d'épouvante ; je vais m'évanouir, c'est sûr !

— Plus tard, maman, plus tard.

Un remède radical

Quelle idée dingue de passer la nuit dans cet hôtel pourri du quartier de l'Ariane à Nice. Je ne suis pas exigeante mais, quand même, il y a des limites. Les zones sensibles, très peu pour moi. La coupe est pleine, c'est décidé, je vais le plaquer !

— Mais Marc, tu aurais pu au moins nous dénicher une petite chambre avec vue sur la baie des anges. Tes projets, chapeau, toujours excellents. Un week-end en amoureux à la Côte d'Azur, il n'y a pas à dire, ça fait saliver. Mais lorsque la réalité économique te ramène sur terre, c'est tout de suite beaucoup moins romantique. Et on fait quoi là, maintenant ?

— Oh ! ne râle pas, petit poussin d'amour, c'est juste pour deux petites nuits. D'ailleurs, la mer n'est qu'à quelques kilomètres. On ne fera que dormir ici. Dès potron-minet, départ pour la côte. À nous la grande bleue !

— Ouais, la mer à quelques kilomètres, peut-être, mais la station d'essence à cent mètres, ça, c'est sûr. Bonjour, les odeurs.

— Allez bébé, viens, ce n'est quand même pas grave, allonge-toi près de moi, viens vite réchauffer ton gros sucre d'amour.

Non mais il rêve là ou quoi ? Il ne s'imagine quand même pas qu'on va s'envoyer en l'air dans un endroit aussi sordide. Ah ! il m'énerve l'étalon. Obsédé, va !

— Désolée mais j'ai mal à la tête, Marc. Le bruit du moteur de ta carcasse m'a explosé le crâne.

— Oh ! tant que tu n'as pas mal ailleurs, cela devrait aller, joli minou.

Mais il me prend pour qui cet abruti ? Ce n'est pas possible. Il a le cerveau dans la queue et un petit pois dans la tête. Mais comment ai-je pu m'acoquiner à un tel énergumène et le supporter sans broncher depuis plus de trois ans ? Je dois être folle ou, pire, carrément sainte. Cette fois, c'en est trop, je vais l'exploser !

Marc et Judith Cornet s'aimaient tendrement et formaient un couple idéal mais le destin tragique a voulu que leur histoire d'amour s'achève brusquement à la sortie d'un virage de la grande corniche à proximité du village d'Eze. Selon les premières constatations, la voiture, conduite à vitesse excessive par la jeune femme, âgée de 22 ans à peine, aurait plongé dans le ravin à la sortie d'un virage particulièrement dangereux. Les deux malheureux jeunes gens sont décédés sur place. Aucune trace de freinage n'a été relevée par les policiers qui ont effectué le constat de ce tragique accident. (Nice matin – édition du 6 octobre)

Le monde a basculé un jour pluvieux

Ce matin à six heures, quelques instants à peine après que mon réveil radio s'est allumé, j'ai compris que je vivrais une nouvelle journée insupportable.

En effet, comment voulez-vous qu'il en soit autrement si l'animateur de la station sur laquelle votre appareil est branché, vous plonge instantanément dans l'horreur absolue en vous promettant, à vous et à tous ses chers auditeurs, trois minutes de bonheur intense en compagnie de — je vous le donne en mille — la fabuleuse Georgette Plana.

Vlan ! Touché, coulé.

Avant que j'aie eu le temps de réagir, c'était parti pour un air de bal musette qui m'a donné immédiatement envie de hurler tel un vampire surpris par le lever du soleil. Mais comment, au vingt et unième siècle, un être sensé peut-il encore programmer un air d'accordéon pour aider les auditeurs à se lever du bon pied ? Mon pied au cul, oui.

Ma foi, il faudrait engager un tueur à gages pour rayer de la carte ce branleur abominable qui réussit à vous pourrir la vie à distance dès potron-minet.

Bye, bye radio Mona ! Dorénavant, c'est décidé, je me brancherai sur radio Nostalgie.

Pff, quelle tronche abominable !

Est-ce bien moi ce type au regard éteint qui me fixe dans le miroir de la salle de bains ?

Où est passé le jeune mec plein d'assurance et de certitudes prêt à conquérir le monde et à jouir jusqu'au dernier souffle de l'existence ? Quels naufrages ce mec a-t-il endurés pour se retrouver face à moi, au bord du gouffre, las de tout, par ce beau matin de printemps ?

Holà, holà ! Du calme mon grand ; pas le temps de glander, là. Laisse donc tes questions existentielles en souffrance. Tu pourras toujours y repenser lors de l'une ou l'autre longue soirée d'hiver pendant laquelle il n'y a pas de foot à la télé.

Pour l'instant, va à l'essentiel : arrange-toi un peu la tronche afin de pouvoir mettre le nez dehors décemment et ainsi affronter de façon anonyme et formatée ce monde extérieur qui te rebute, peut-être, mais qui t'attend.

Allez, courage, c'est le printemps. Une belle journée ensoleillée, rythmée par le gazouillis des oiseaux, s'annonce.

De toute manière, il faut que tu te grouilles car ton boss n'apprécie pas tes retards et son fric, malheureusement, t'en as besoin pour vivre.

Beau matin de printemps, beau matin de printemps, ce n'est pas exactement ça. Il tombe des cordes !

Mais pourquoi ai-je pris une douche et me suis-je ensuite séché consciencieusement les quelques tifs qui daignent encore me garnir la tête ?

Je crois que je vais me raser le crâne. C'est vrai, quand même, si mes cheveux ne veulent plus de moi, eh bien, moi non plus, je ne veux plus d'eux !

D'ailleurs, avec les femmes, c'est pareil. Si ma meuf décide de me larguer, je lui fais comprendre qu'en réalité, « je » la largue. Malheureusement, minable comme je suis, deux jours plus tard, je m'écroule d'une pièce et je la supplie lamentablement, à petits cris, tel un chien désespéré, de me rejoindre dans notre nid douillet. Et cette conne, bien sûr, elle ne revient pas !

Gros coup de cafard : ne me laissez pas, satanés cheveux ; je n'ai pas de quoi me payer une greffe de poils de bison style PPDA, moi !

Perdu dans ces pensées sombres et profondes, je me rue vers ma voiture garée, comme par hasard en ce jour pluvieux, à plus trois cents mètres. Je la rejoins à bout de souffle et j'y pénètre complètement trempé et épuisé par mon sprint infernal digne d'un Ben Johnson dopé à mort.

Ah ! ma bagnole, une Renault Clio 1re génération qui a connu son époque de gloire mais qui, maintenant, étant donné son état déplorable, doit se contenter, la pauvre, d'un propriétaire aussi médiocre qu'elle.

Mais là, le miracle !

Là, à l'instant même où mon cœur se décide à retrouver un rythme raisonnable de pulsations, alors que je m'apprête à insérer la clé de contact dans le démarreur, l'inimaginable dans une telle journée pourrie se produit.

Ah ! qui que vous soyez, quoi que vous fassiez, ne désespérez jamais. Dans la vie, tout est possible... même le pire, ai-je l'habitude d'ajouter. Mais non, pas aujourd'hui. Ce matin, ce sera le meilleur, je le sens, je le sais, car elle est là qui m'observe du coin de l'œil, sans fausse gêne et sans fausse pudeur. Stoïque sous la pluie, indifférente aux voitures qui la frôlent, elle attend, elle m'attend, elle doit d'ailleurs m'attendre depuis toujours. Comment ai-je pu la rater, comment ai-je pu vivre sans cette déesse ? Les yeux fixés sur elle, j'ouvre délicatement ma portière et tente d'oublier mes abominables douleurs dorsales pour m'extirper décemment de ma poubelle. Ensuite, l'air de rien, nonchalamment, je m'approche de celle que j'adore déjà.

Voilà, très lentement, très calmement. J'y suis presque : seule la largeur de la rue nous sépare encore maintenant.

Elle n'a toujours pas bougé. D'un petit clignement des yeux, elle me fait comprendre, je crois, qu'elle accepte ma présence et elle m'incite à m'approcher encore, à la toucher. Oserais-je ? Qu'en est-il des bonnes manières et des présentations ? Elle n'a pas l'air bien vieux, est-elle seulement majeure ? Basta, je me lance !

***

Nous aurions pu vivre heureux ! Chaque matin, je me serais réveillé à ses côtés le sourire aux lèvres. Elle m'aurait appris à relativiser, à accepter sereinement tous les tracas de la vie, à consommer à satiété le bonheur de l'instant présent. Ah ! comme cette chatte aurait été formidable. Je l'aurais adorée. J'aurais tellement voulu partager son existence.

Le chauffard inconscient qui, en voulant m'éviter, l'a aplatie alors que je m'approchais d'elle, en a décidé autrement !
Le monde est décidément bien cruel.
Journée insupportable…

L'humour de l'oncle Hubert

« Notre oncle Hubert ne va pas bien ! »
Cette petite phrase, lâchée sur un ton anodin par Pépé au retour d'une visite au domicile de son frère cadet, est cependant lourde de sens. L'ombre de la mort plane à nouveau ! Deux ans après son épouse, décédée quelques mois à peine après avoir contracté une maladie mystérieuse l'ayant subitement privée de l'usage de la parole, son cher mari, pour qui elle avait une admiration sans bornes et dont elle buvait littéralement chaque parole, s'apprête à la rejoindre ! Le combat mené par Hubert depuis des années contre la maladie touche à sa fin. Ce foutu crabe va remporter la lutte. La volonté, le courage et l'amour de la vie de notre oncle n'auront pas suffi. Il s'apprête à déposer les armes.

Dès notre première rencontre, qui doit remonter maintenant à près de vingt ans, j'ai apprécié Hubert : l'humour subtil, l'esprit farceur et la joie de vivre sans limites de ce fabuleux conteur d'histoires m'avaient, de suite, conquis. Aussi, lui rendre une dernière visite avec Camille et les enfants dans la maison bourgeoise qu'il occupe face au parc majestueux de la ville haute, dans la rue même où je vécus mes trois premières années de vie, s'apparente pour moi non pas à une obligation familiale et morale, mais bien à une démarche naturelle et spontanée.

***

Dieu qu'il a maigri !
La peau sur les os, le visage cireux, Hubert, installé tant bien que mal dans son fauteuil favori près de la fenêtre du salon don-

nant vue sur l'étang du parc autour duquel, paradoxe, s'égaillent avec ardeur et vitalité des dizaines d'enfants, tente, une dernière fois, de nous donner le change. Malgré la souffrance qui le tenaille, il nous parle de ses projets et se montre même emballé à la proposition de Camille de nous rendre visite dès qu'il se sentira mieux. Puisant dans ses réserves les plus profondes, il nous relate, une fois encore, avec son humour particulier, quelques-unes des anecdotes savoureuses ayant émaillé son parcours de vieil habitué des salles d'attente cafardeuses des hôpitaux.

Je ne suis pas dupe ; personne n'est dupe !

Que dire, que faire en de telles circonstances ? Assis dans le sofa, je triture nerveusement mon porte-clés à l'effigie de Footix, mascotte de la coupe du monde 98, auquel sont attachées, par un système sécurisé d'anneau circulaire, trois clés : clé de voiture, clé de notre domicile et clé de l'habitation de mes parents.

Interrompant le silence pesant qui s'était malencontreusement immiscé dans la conversation, oncle Hubert, un sourire malicieux mais, hélas, fatigué aux lèvres, me souffle alors à voix basse : « Attention, Guillaume, tu pourrais les perdre ».

Sa remarque me désarçonne. Ai-je bien saisi le sens de ses paroles ?

« Non, non, pas de souci, oncle » lui dis-je, assez bêtement.

« Sait-on jamais, Guillaume, sait-on jamais ? Tout est source d'ennui » me lance-t-il alors tout en hochant la tête.

De plus en plus perplexe, je ne trouve plus rien à lui répliquer mais une intervention providentielle de Camille, faisant mine de s'extasier sur la beauté d'un tableau majestueux garnissant l'un des murs du salon, me sort de cette situation embarrassante et notre causerie reprend ensuite un cours normal.

Dans cette ambiance désenchantée, mon impuissance face à l'inéluctable m'assomme et heureusement, bien vite, sonne l'heure de l'au revoir ; l'heure des mensonges aussi : à bientôt cher oncle, soigne-toi bien, tu te sortiras de ce mauvais pas...

**

Nul ne pipe mot dans la voiture sur le chemin qui doit nous mener à la ville basse où logent mes parents. Tout en circulant au ralenti dans un embouteillage monstre à vous dégoûter à jamais de prendre le volant, je me dis, étant donné le silence pesant qui règne dans l'habitacle, que nos deux enfants, malgré leur jeune âge, doivent avoir, eux aussi, perçu le désespoir de la situation.

Enfin arrivé devant l'entrée de la maison de mes deux ascendants, je m'apprête à procéder de la manière habituelle afin de ne pas les déranger inutilement, soit, après un bref coup de sonnette, ouvrir la porte avec la clé en ma possession.

Mais je n'en crois pas mes yeux : cette clé n'est plus attachée au porte-clés.

Comment est-ce possible ?

Comment ai-je pu la perdre alors que je me revois la manipuler, parfaitement fixée, il y a une petite heure à peine chez l'oncle Hubert ? À quel moment a-t-elle pu se détacher ?

Déconcerté, j'examine attentivement le porte-clés : intact et parfaitement fermé !

J'ai beau chercher ensuite partout aux alentours de l'endroit où nous venons de nous garer, fouiller et refouiller cette foutue bagnole, rien n'y fait, je dois me rendre à l'évidence : la clé a bel et bien disparu.

**

À peine rentrés à la maison en début de soirée, les enfants, pris au jeu du trésor caché, se lancent à leur tour, conquérants, à l'assaut du véhicule. Armés de leur puissante lampe de poche, ils sont déterminés à retrouver coûte que coûte la clé.

Penauds, ils rentrent peu après bredouilles ; leur exploration minutieuse n'a rien donné.

Passe alors à l'action, notre arme secrète, notre douce maîtresse de maison, reine de l'époussetage, à qui aucune poussière, même refoulée dans le recoin le plus inaccessible, n'échappe habituellement.
Elle nous revient après un long moment exhibant une ancienne pièce d'un franc, preuve symbolique de ses recherches assidues mais… infructueuses !

Au final, à quatre, tels une armée de spécialistes dotés des appareillages les plus performants, nous aurons donc ausculté la voiture de fond en comble.

Admettons-le : un patient, un tant soit peu hypocondriaque, n'aurait jamais pu, même dans ses rêves les plus fous, être examiné de la sorte sous toutes les coutures.

En vain.

Désabusés, il nous faut en définitive nous résoudre à cette évidence : plus aucune trace de la clé !

Il me faut donc conclure que, tout en discutant avec oncle Hubert, et suite à je ne sais quelle manœuvre maladroite de ma part, j'ai détaché, sans m'en rendre compte, la clé du porte-clés. Elle doit, à n'en pas douter, encore être enfouie sous les coussins du sofa sur lequel je m'étais assis. Et comme je ne peux décemment déranger ce pauvre homme en bout de route pour un motif aussi futile, je me résigne à la perte de ce précieux sésame.

***

Quelques semaines passent.

Et puis un matin d'un jour gris, froid et pluvieux, annonciateur de mauvaises nouvelles, un coup de fil nous cueille au saut du lit :

« Après avoir encore beaucoup lutté, notre oncle, à bout de forces, s'en est allé ».

Le jour même, accompagnés de mémé et pépé, nous nous rendons, Camille et moi, au funérarium où la dépouille de l'oncle Hubert repose.

Ses traits sont détendus et son visage, débarrassé des stigmates des épreuves douloureuses endurées au cours des derniers mois, a retrouvé toute sa sérénité.

Après m'être recueilli durant quelques minutes en silence devant ce corps inerte désormais privé de vie, je pose, en guise d'adieu à cet oncle apprécié, mes mains sur les siennes.

À cet instant, l'espace de quelques secondes, un froid intense m'envahit et l'absurdité de l'existence m'explose le cœur.

Au moins notre oncle aura-t-il vécu dans l'espérance de la résurrection, me dis-je, considérant la mort, espoir insensé, comme un simple passage vers l'accomplissement suprême et non un plongeon dans le néant.

***

Après cet adieu poignant à l'oncle Hubert, dès la sortie du funérarium, nous voilà réabsorbés par le rythme infernal de l'existence. Il nous faut récupérer, bien vite, nos progénitures que nous avions déposées, afin de ne pas trop les choquer, chez mes parents.

Les enfants embarqués, nous reprenons dare-dare le chemin de la maison familiale et, dès notre arrivée, comme nous n'envisageons plus de sortie après ces moments particulièrement éprouvants, je décide de rentrer la voiture au garage.

Et là, à l'instant précis où j'ouvre la portière arrière gauche du véhicule afin d'y laisser sortir le fiston, l'incroyable, l'inimaginable, l'impensable se produit !

Là, aux pieds de mon fils, à même le tapis de sol de la voiture, trône fièrement une clé qui semble me narguer !

Médusé, je suis cloué sur place car, vous l'aurez compris, il ne s'agit pas de n'importe quelle clé, mais bien de LA clé.

Sacré oncle Hubert, tu nous surprendras toujours !

Un cri dans la nuit

Quoiqu'il soit déjà plus de minuit, les doigts de Caroline s'agitent encore nerveusement sur le pavé numérique de l'ordinateur portable.

Bien calée dans le fauteuil de cuir du bureau de sa chambre, la jeune fille, absorbée par une passionnante partie de Tétris, est coupée du monde.

À cet instant précis, plus rien n'a d'importance pour elle hormis ces blocs à aligner et ce foutu record qu'elle souhaiterait tant améliorer.

À part la faible lueur qui s'échappe de l'écran, la pièce est plongée dans l'obscurité la plus totale depuis longtemps déjà mais Caroline, trop accaparée par son jeu, n'en a guère conscience.

Dehors, la nuit est horriblement noire. De puissants nuages bas plombent méchamment le ciel et empêchent toute tentative de la lune d'éclairer les alentours. Un vent glacial d'une force peu commune crie sa fureur au monde. Difficile d'imaginer que le printemps s'annonce.

En fait, si elle avait suivi les instructions de maman et s'était couchée sagement à l'heure prévue, Caroline serait occupée de dormir à poings fermés depuis longtemps déjà. Mais n'est-il pas bien excitant parfois pour une enfant d'enfreindre les ordres et de braver les interdits ?

Soudainement, surgi du fond des ténèbres, un feulement puissant, sorte de plainte sinistre, transperce la nuit.

Arrachée par ce grognement atroce au monde virtuel dans lequel elle se complaisait, un sentiment de panique envahit aussitôt Caroline qui, sans réfléchir un seul instant, bondit de sa chaise, se précipite à la fenêtre, y ferme les persiennes et se précipite ensuite à toute allure sous la couette, tout au fond de son lit, à l'abri, croit-elle, de tous les dangers de ce foutu monde.

En panique totale, la jeune fille éprouve soudain énormément de peine à respirer et les idées s'entrechoquent dans sa tête :

« Misère, mais pourquoi faut-il que nous habitions une maison isolée dans une clairière au fin fond de ce bois lugubre ? » pense-t-elle.

« Et pourquoi maman, partie dîner en ville avec papa pour y fêter son anniversaire, a-t-elle finalement accepté, sur mon insistance, de me laisser seule à la maison avec Carol, moi qui, finalement, malgré mes onze ans, ne suis pas encore une si grande fille que ça. »

« Et d'ailleurs, Carol, où est-il celui-là ? Zut ! À quoi bon avoir un petit frère s'il n'est pas présent lorsque l'on a besoin de lui ? »

« Respirer, respirer. Calmement, respirer. »

Mais tandis que la petite tente de reprendre ses esprits et tâche, tant bien que mal, de se maîtriser, le même rugissement féroce résonne une nouvelle fois dans la demeure.

C'en est trop. Caroline se met à hurler :

« Au secours ; au secours ! À l'aide. »

Puis, alors que des tremblements incontrôlables la saisissent, l'écho d'une petite voix apeurée, elle aussi, arrive jusqu'à elle :

— Caroline, t'as entendu ?

« Ah ! mon frérot. Mon sauveur, l'homme que j'attendais ! Celui qui, en deux temps, trois mouvements va nous sortir de ce mauvais pas. Ah ! comme je l'aime. »

— Carol, il y a un vampire dehors : il hurle, il a faim, il va essayer d'entrer pour nous dévorer, c'est sûr ! Carol, qu'est-ce qu'on peut faire ? Carol, j'ai beaucoup de mal à respirer et j'ai mal au ventre.

Guère plus rassuré que sa sœur, les jambes flageolantes, le cœur battant la chamade, Carol, dix ans, investi par papa du rôle de chef de tribu en cas d'absence de celui-ci, ne sait que dire ni que faire. Tout autant que sa sœur, il souhaiterait se trouver à des milliers de kilomètres de ce lieu funeste où une fin horrible les attend probablement.

— Ne t'inquiète pas, je vais aller voir ce qui se passe, s'entend-il pourtant répondre à sa frangine.

« Mais qu'est-ce qui me prend ? Pourquoi cette promesse idiote ? Pourquoi vouloir jouer au héros indestructible ? On n'est pas devant la Play Station ici. Il n'y a pas de deuxième chance si on se fait transpercer le bide par un tueur en série. »

— Heureusement que tu es là petit frère, t'es un chef, tu vas nous sauver la vie, lui répond-elle, les yeux pétillants d'admiration.

« Oh ! arrête, Caroline, tu me fais vraiment flipper là, pense-t-il, de plus en plus angoissé. Mais bon, plus moyen de me défiler, faut que j'y aille. Je ne peux tout de même plus me dégonfler maintenant que je suis presque devenu un Dieu aux yeux de ma sœur. Ah ! c'est sûr que si on s'en sort, elle va m'aduler, me gâter, me couvrir de cadeaux. Et, pour ce qui est de couvrir, avec le temps qu'il fait dehors, j'ai tout intérêt à enfiler un pull supplémentaire et mon plus gros anorak si je ne veux pas finir en homme des glaces. Et puis, ça peut servir pour empêcher le couteau de pénétrer trop profondément dans la chair au cas où... »

C'en est trop. L'idée qu'une lame puisse s'enfoncer dans son corps le terrorise. La panique le reprend ; il s'affole. Vite, il lui faut trouver un stratagème :

— Euh, Caroline, et si tu m'accompagnais. Je ne voudrais pas qu'il t'arrive quelque chose de grave pendant que je suis à l'extérieur.

— Tu as peut-être raison, petit Carol, est-il tout heureux de l'entendre lui répondre.

C'est ainsi que, quelques instants plus tard, ils se retrouvent timorés et tremblants sur le seuil de la porte, main dans la main, prêts à affronter les mille et un dangers de la nuit.

« Ah ! si papa pouvait être à nos côtés », pensent-ils tous deux, sans toutefois se l'avouer, en s'élançant prudemment à petits pas vers les ténèbres environnantes.

Mais à peine ont-ils parcouru quelques mètres que le rugissement reprend de plus belle.

— Au secours, à l'aide ! s'exclame Caroline, épouvantée.

— Là, derrière le chêne, je suis sûr que le cri venait de cet endroit, lui répond Carol, non moins angoissé.

Puis, subitement, surgissant de l'obscurité, Léo, le beau gros matou roux, ami fidèle de Caroline et Carol, plus habitué normalement à rechercher la chaleur du foyer et à ronronner tout en se laissant cajoler que de hurler la nuit comme un fauve déchaîné, accourt fièrement, la queue dressée vers ses humains préférés.

Instantanément, toute tension s'est dissipée.

Penauds et soulagés, sœur et frère éclatent de rire.

— Pff, tu sais Carol, j'ai même pas eu peur.

— Moi non plus, Caroline.

— Inutile de raconter toute cette histoire à maman et papa.

— D'accord, petite sœur.

Cependant, leur compagnon n'a guère le temps de s'attarder car une magnifique chatte blanche apparue au bout de la clairière a tôt fait, d'un puissant miaulement racoleur, de le rappeler à ses obligations de mâle.

***

Heureux de cette sortie inopinée des enfants, l'inconnu profita de l'aubaine pour s'introduire discrètement dans la maison…

La folie me guette

La charmante, mais polluée – bonjour les odeurs nauséabondes – ville où mon épouse et moi avons élu domicile, il y a plus de dix ans déjà, a beau avoir la réputation, nullement usurpée d'ailleurs, d'être une bourgade sûre et tranquille dans laquelle il fait bon vivre, je ne pourrai jamais me résoudre, ayant vécu toute ma jeunesse dans l'un des quartiers les plus malfamés de la capitale, aller me coucher sans avoir vérifié auparavant si toutes les portes de notre habitation sont parfaitement closes.

Cette obligation vespérale que je me suis imposée et que vous n'assimilerez pas, j'ose l'espérer, à une manie de vieux froussard maniaque, se déroule chaque soir selon un rituel immuable. Le contrôle de la fermeture débute par la porte d'entrée – deux tours de clé –, suivi de celle séparant le hall de la salle de séjour – un tour de clé –, de celle du garage – cliquet relevé – et enfin, de celle située entre le garage et la cuisine – un tour de clé –.

Ma tâche accomplie, il ne me reste plus qu'à aller retrouver ma moitié, déjà presque endormie, somnifère oblige, dans ce qu'il fut convenu par nos ancêtres d'appeler le lit conjugal.

Jusqu'à il y a peu, aucun incident n'était jamais venu troubler ma douce quiétude de gardien du temple. Hélas ! – et je dois donner ici raison aux éducateurs cathos de mon enfance hostiles à tout bonheur terrestre et qui n'ont eu cesse de me le répéter des centaines de fois – toutes les choses, surtout les meilleures, ont une fin.

**

Le matin du premier jour où tout bascula, je me suis levé le cœur léger et j'étais tout guilleret au moment de quitter la maison pour entamer une nouvelle journée de travail qui s'annonçait sous de bons auspices.

Puis, soudain, le coup de massue sur la tête ! Alors que je m'apprêtais à passer de la cuisine au garage afin d'y rejoindre ma voiture, je me suis aperçu, voulant tourner la clé dans la serrure, que la porte n'était pas fermée à clé !

Aussitôt, un sentiment énorme de culpabilité s'est abattu sur mes épaules. Oh ! comme je m'en suis voulu. Ainsi, par ma faute, toute ma petite famille était restée toute la nuit sous la menace d'intrus. À cet instant, j'ai donc juré solennellement, sur la tête de mon pire ennemi, que l'on ne m'y reprendrait plus.

Une cruelle désillusion m'attendait le matin du jour suivant lorsque je me suis rendu compte que la veille, pour la deuxième fois consécutive, j'avais omis de fermer cette porte à clé.

Inouï, quelle distraction coupable !

J'ai tremblé à l'idée que nous étions restés cette nuit, une fois encore, à la merci de toutes les créatures des ténèbres. Alors, là, je l'ai juré, le soir j'allais redoubler d'attention.

L'angoisse, la plus profonde qui soit, m'a étreint le matin du troisième jour lorsque, comme vous l'aurez déjà deviné, j'ai constaté, une fois encore, que cette foutue porte n'était pas fermée à clé.

De deux choses l'une, me suis-je dit alors : « Mon gars, soit tu es occupé à perdre la tête, et pourquoi pas après tout, nul n'est à l'abri de la folie, soit il se passe dans cette demeure des événements surnaturels tout à fait inexplicables ! »

***

La décision vous revient mais sachez tout de même avant de réclamer mon internement, qu'une dizaine de fois en un peu plus d'un mois depuis lors, malgré une vigilance extrême, j'ai retrouvé ouverte, au petit matin, la porte située entre la cuisine et le garage.

Pour ma part, je crois que s'il ne nous est plus possible de préserver notre vie privée et notre intimité, nous devons conclure que le monde dans lequel nous évoluons s'avère très imparfait.

Méfions-nous, Big Brother nous surveille !

Les naufragés

En ce dimanche matin glacial de décembre, à six heures cinquante-cinq piles, Omar, dernier commerçant du quartier du Tuquet, l'un des moins huppés de la ville, à ne pas avoir renoncé à son petit commerce de proximité, ouvre les volets de son épicerie.

Ces gestes simples réalisés machinalement tout en chantonnant malgré le froid qui le transit, Omar les accomplit chaque jour depuis plus de trente ans, hormis les vendredis, repos hebdomadaire fixé par la loi oblige, et les trois premières semaines de juillet, consacrées traditionnellement au retour en Algérie afin d'y visiter la famille restée au pays.

De nos jours les clients de la boutique se font rares mais, d'un naturel optimiste, Omar ne s'en émeut guère.

« Allah daignera bien me rappeler auprès de lui avant la faillite », a-t-il pour habitude d'affirmer en plaisantant à qui veut encore fréquenter son magasin.

Omar n'est pas devin mais il sait qu'il n'aura pas longtemps à attendre sa première cliente.

En effet, à sept heures pile, la porte s'ouvre et Flore, minuscule bout de femme de plus de soixante-dix ans, à la silhouette fragile, au visage marqué seulement de quelques ridules et aux cheveux raides grisonnants, coupés à la garçonne, franchit le seuil de l'échoppe.

Un pâle sourire sur les lèvres, Flore salue discrètement Omar.

— Bonjour ma petite chérie, toujours aussi matinale, je vois, lui lance l'épicier d'un ton jovial.

— Et oui, Omar, et tu sais, à mon âge, je ne changerai plus. Mais, vite, je suis horriblement pressée. Il me faudrait un pain complet, un petit morceau de gruyère, un peu de viande hachée et une tomate.

Guère surpris par cette commande, répétée jour après jour depuis la nuit des temps, Omar, jamais avare de tirades graveleuses avec ses clientes, lui répond :

— D'accord. C'est parti, ma belle. Et n'oublie pas, si tu veux un bon parti, Omar est là. Soixante-quatre ans, un beau commerce, beaucoup d'amour à partager et un membre encore bien raide qui ne demande qu'à te satisfaire.

Et tandis que, fier de lui, il commence à lui préparer joyeusement sa commande, Flore, rougissante, baisse la tête et fixe le sol. Flore la timide, Flore la mystérieuse, Flore la taiseuse ; la petite dame dont nul ne connaît le passé ; celle toujours pressée arpentant les trottoirs en longeant les murs dans l'espoir de passer inaperçue ; celle qui, jamais, n'a été vue accompagnée.

***

Les gens sont d'un naturel curieux et la singularité intrigue.

Nombreux sont donc ceux, parmi les habitants du quartier, qui ont épié Flore, qui ont tenté de s'informer de-ci, de-là, sur sa vie et ses fréquentations passées et actuelles.

En vain.

Flore loge dans un minuscule appartement au deuxième étage d'un immeuble vétuste situé dans une rue lugubre proche de l'épicerie d'Omar.

Là s'arrêtent les informations.

Alors, comme souvent lorsque l'on ne sait rien, les ragots vont bon train : les mauvaises langues font état d'un passé très tumultueux avec un mari musicien qui se serait suicidé de désespoir, d'une raison qui ne serait pas sortie intacte d'années ténébreuses...

Médisances, calomnies, cancans ou vérité que tout cela ? Nul ne le sait mais certains ont tranché et ont pris pour habitude de la surnommer « la folle du quartier ».

***

Coincé dans sa chambre à cause d'un foutu devoir de math à remettre le lendemain dès la première heure de cours, Mathieu, seize ans, est au bord de la rupture.

Le jeune ado tremble intérieurement. Il a beau tenter de se concentrer, rien n'y fait. Les propos durs qu'il vient d'échanger avec ses parents lui reviennent sans cesse en tête. Habituellement taiseux et pacifique, il a pourtant explosé, tout à l'heure, lorsque sa mère lui a ressorti, pour l'ixième fois, qu'elle en a marre de le voir bouder à longueur de journée, qu'il ne connaît pas son bonheur, qu'il a tout pour être heureux.

« Mais merde, ne comprenez-vous pas que je puisse avoir d'autres aspirations que les vôtres », leur a-t-il lancé, hors de lui, avant d'ajouter, aussi vite :

« Cette vie banale de petits-bourgeois parvenus me sort par les oreilles. J'ai envie de vivre ma vie et non celle à laquelle vous me destinez. Je n'en ai rien à foutre du lycée. J'en ai plein les bottes de ce bled pourri. Regardez-vous bordel, de vrais zombies. »

Lorsque son père a répliqué et a parlé de fric à gagner, de fuite de responsabilités des jeunes d'aujourd'hui, de l'inconscience de tous ces adolescents boutonneux, d'un fils qui lui fait honte, le ton est encore monté et la situation s'est envenimée au point que Mathieu, avant que l'affrontement n'atteigne un point de non-retour, a préféré le repli dans sa piaule à ce vain combat dont il n'aurait pu, de toute manière, sortir vainqueur.

Occupé à présent de tenter de résoudre une équation complexe, Mathieu jette soudain un coup d'œil distrait à sa montre : « Mince ! il est près de onze heures. Avec cette connerie de devoir, j'ai failli oublier Flore », s'exclame-t-il.

Il enfile alors sa veste et se dirige aussitôt vers la porte mais, avant de l'ouvrir, il se ravise car il vient de se rendre compte que son paternel risque, après leur affrontement verbal, de lui interdire toute sortie. Et comme il n'a guère le temps de parlementer, il juge préférable de passer par la fenêtre.

Hop ! ni une ni deux, le voilà qui détale, tout en méditant sur l'avantage certain d'habiter une maison de plain-pied de laquelle on ne risque pas de se casser le nez en s'échappant.

***

Le rendez-vous sacré du dimanche matin à onze heures avec Flore, Mathieu ne le raterait pour rien au monde. Jamais, depuis plus de quatre ans maintenant qu'ils se sont rencontrés par hasard à la sortie de l'épicerie d'Omar, il ne lui a posé de lapin.

Est-ce par défi, par bravade ou par curiosité malsaine que, par un beau matin de printemps, il a osé aborder la vieille dame dont la mauvaise réputation lui était parvenue aux oreilles ? Il ne saurait le dire, mais peu importe. En fait, l'enfant qu'il était encore à l'époque avait déjà le pressentiment que tout ce que l'on pouvait raconter à propos de Flore n'était que tissu de mensonges.

Lorsqu'il l'accosta, elle ne s'emporta pas, ne le rejeta pas. Au contraire, elle lui sourit instantanément, lui proposa naturellement, alors qu'il lui bégayait des banalités sur le seuil de l'épicerie, de faire un bout de chemin avec elle et, arrivée à son domicile, l'invita tout de suite à monter chez elle.

Tout simplement, comme l'on invite un vieil ami à prendre un verre à la maison.

***

Arrivé devant l'immeuble de son amie, Mathieu, avant d'appuyer brièvement deux fois sur le bouton de la sonnette, s'assure, comme Flore le lui a toujours recommandé, que la rue est déserte. À peine a-t-il sonné que, là-haut, au deuxième étage, le rideau s'agite furtivement. Voilà, après deux petites minutes d'attente, la porte s'ouvre silencieusement.
— Entre petit.
— Bonjour Flore.
À ce moment précis, pour deux êtres naufragés d'un monde duquel, pour des raisons bien différentes, ils sont étrangers, s'ouvre une délicieuse parenthèse.
La rencontre, comme un cérémonial bien huilé, débute invariablement par le même dialogue :
— Je passe devant toi, petit. Attention, l'escalier est très raide, ne tombe pas.
— Oui, Flore.
— Assieds-toi sur cette chaise, je te l'ai spécialement préparée.
— Ne fais pas attention petit, je n'ai guère eu le temps d'astiquer cette semaine.

Et les deux vieilles chattes du logis de jouer leur rôle et de venir s'installer docilement sur les genoux des deux comparses.
Peu importe à Mathieu si, hormis les deux chaises sur lesquelles ils s'installent, la crasse recouvre tout, absolument tout dans la pièce. Peu lui importe aussi l'odeur, difficilement supportable, qui se dégage du lieu, mélange d'excréments de chats et d'aliments en décomposition.
Peu lui importe tout cela car dès qu'il franchit le seuil de la porte de Flore, Mathieu quitte ce bas monde pour celui de son amie, un monde de souvenirs, de rêves, d'illusions.

Durant la petite heure que dure leur entrevue hebdomadaire, Flore, tout en caressant consciencieusement l'un des chats, ne cesse de parler. Et Mathieu, tout en cajolant le second, ne cesse de l'écouter.

Ah ! comme il peut être doux et réconfortant pour l'un de s'épancher, de se remémorer le passé.

Ah ! comme il peut être merveilleux et apaisant pour l'autre de pénétrer et vivre ce passé par la grâce d'une conteuse de charme.

***

Jeudi 23 avril, huit heures quinze, Mathieu pénètre dans la cour du lycée. Dans quinze minutes le cours d'histoire doit débuter mais, à cet instant précis, Mathieu ne sait pas encore qu'il ne participera pas à ce cours.

Ses trois seuls copains du bahut, postés comme à leur habitude près du marronnier situé à l'entrée de la cour, discutent bruyamment mais Mathieu, perdu dans ses pensées, ne prête guère attention à leurs propos animés. Un prénom prononcé dans un rire gras par Paul, surnommé Polo par toute la classe, le tire soudain de sa léthargie.

— Eh ! De quelle Flore t'es occupé de parler là, Polo ? demande-t-il, inquiet.

— T'es pas au courant Mat. Mais faut te réveiller, hein ! si tu veux rigoler. La vieille folle, celle qui squatte un appartement pourri au Tuquet ; tu sais, celle qui a sûrement été pute dans sa jeunesse. Figure-toi qu'elle s'est tordu le cou dans les escaliers. Un voisin l'a retrouvée la tête à l'envers au bas des marches. Oh ! la chute, tu imagines. Sans parachute ni airbag : boum ! Atterrissage forcé. Ah ! la pouffiasse. Trop bon.

— Et Mathieu, mais qu'est-ce que tu fous ? Mat. Mat. Oh ! le con. Mais où il va ? Il est dingue ce mec.

***

Au bord de l'évanouissement, appuyé sur le mur de la façade de l'appartement de Flore, Mathieu tente de reprendre son souffle après avoir piqué un sprint de plus de deux kilomètres depuis l'école. Les tempes douloureuses, les jambes soudainement atrocement lourdes, il récupère tant bien que mal mais la douleur, provoquée par cet effort violent, laisse place, peu à peu, à une souffrance plus sourde et incontrôlable encore, car surgie du fond de son être. La prise de conscience que son amie, sa seule amie, puisse ne plus être de ce monde, même si ce monde n'est que pourriture et désillusions, lui déchire les entrailles, lui broie le cœur. Frappant violemment des poings sur la porte de l'immeuble, il hurle son désespoir infini à la face de l'humanité tout en espérant encore que tout ceci n'est qu'un cauchemar dont il va bientôt sortir éveillé, trempé jusqu'aux os.

— Oh ! Eh ! Mais il va se calmer là, le jeune bobo. Mais qu'est-ce qu'il a à vouloir défoncer la porte ?

Tiré brusquement de sa crise de désespoir par la voix rauque du voisin de palier de Flore, seul être vivant qu'il ait jamais croisé dans l'immeuble durant toutes ces années de visites dominicales, Mathieu s'entend lui répondre instinctivement :

— Les chats, les chats, où sont les chats ?

— Les bestioles de la pauvre dame ? Eh ben gamin, je crois qu'à cette heure-ci, ils sont déjà allés rejoindre leur petite dame dans le néant. Ils ont été emmenés, non sans mal d'ailleurs, par la police à la société protectrice des animaux. Protectrice, non mais laisse-moi rire. Piqûre, zip ! Terminé. Et oui, mais que veux-tu, elle n'avait pas de famille la vieille bique.

Abasourdi, désespéré, Mathieu se remet à courir.

***

La cérémonie civile, organisée et payée par le service d'aide aux indigents de la ville fut suivie par les seuls Omar et Mathieu. Elle se déroula un vendredi matin à 9 heures sous les premiers rayons d'un pâle soleil de début de printemps. Le cercueil de bois blanc fut rapidement amené par deux croque-morts dans l'espace du cimetière réservé aux nécessiteux. Avant l'ensevelissement dans la tombe, l'un des corbeaux de service se contenta de prononcer, sans grande conviction, quelques brèves paroles sans intérêt en l'honneur de la défunte.

Et ce fut tout.

Omar voulut proposer à Mathieu de venir prendre un café avec lui au « Doux repos », seul bistrot ouvert près du cimetière, mais celui-ci refusa et préféra s'attarder quelques minutes encore auprès de la dernière demeure son amie.
Une jeune chatte noire, surgie de nulle part, vint alors louvoyer, la queue haute, autour des jambes de l'adolescent. Tout en ronronnant, elle poussait de délicats miaulements de volupté.
Mathieu crut y déceler un signe.

**

Après ce jour, nul ne revit le jeune homme et ne sut ce qu'il advint de lui. Depuis plus de quinze ans maintenant, il figure sur la liste des personnes dont on a perdu toute trace.

Le vagabond

À dire vrai, les premières semaines qui suivirent mon arrivée dans cette nouvelle demeure furent parfaites !

Devoir quitter ma génitrice et mes quatre frères et sœurs à un peu plus de deux mois seulement avait évidemment été un déchirement mais la fille m'avait accueilli comme elle aurait accueilli un petit prince et ma nouvelle existence à ses côtés s'apparentait à un merveilleux rêve éveillé.

Elle me pouponnait, me dorlotait, me servait les meilleurs mets, passait des heures à jouer avec moi, à me distraire et, bien souvent, je m'endormais, épuisé et heureux, dans ses bras.

Elle m'avait appelé affectueusement « crème », comme la couleur de son poil, avait-elle dit à l'homme.

Mes relations avec lui étaient plus fraîches. Je le toisais avec dédain et il m'ignorait mais nous parvenions à cohabiter pacifiquement. Tout au plus pouvait-il s'agacer parfois lorsque je me lovais trop ostensiblement sur les genoux de la fille ou si, la nuit, je prenais place entre eux dans le lit conjugal.

Un soir, plusieurs mois après mon arrivée, je ne sais pour quelle mauvaise raison, la situation a dégénéré après le repas. J'étais assoupi dans mon panier quand j'ai entendu la fille hurler. Peu habitué aux éclats de voix, je me suis réfugié aussitôt sous le buffet.

Pendant quelques minutes, un véritable cataclysme s'abattit alors dans la pièce : de la vaisselle vola en éclats, des chaises furent renversées et, pire, des coups furent échangés. Effrayé et tétanisé, je n'osais plus remuer la queue, suppliant pour que ce vacarme infernal cesse.

Puis, aussi soudainement que la tempête avait débuté, le calme revint et, rasséréné, je crus avoir rêvé.

Dès le lendemain cependant, mon enfer allait débuter.

Dès qu'elle eut quitté la maison pour se rendre au travail, l'homme s'affaira anormalement.

Après avoir beaucoup fouiné à la recherche de je ne sais quoi, et contrairement à son habitude, il s'approcha de moi ma friandise préférée à la main. Flatté par cette charmante intention, je ne me suis pas méfié et je n'ai pas remarqué de suite l'énorme sac de sport rigide qu'il tentait de dissimuler maladroitement derrière son dos.

Avant que j'aie pu esquisser le moindre mouvement de tentative de repli, il m'avait saisi par le cou et je me suis retrouvé enfermé dans le sac.

J'eus beau alors griffer, gémir, feuler, rien n'y fit ; j'étais bel et bien pris au piège et tout ce dont je me souviens alors est d'avoir entendu la porte de l'habitation claquer et d'avoir ensuite été secoué et trimballé durant un temps interminable.

Quand enfin, alors que j'étais au bord de l'asphyxie, l'homme rouvrit le sac, la clarté environnante m'éblouit mais, dans un réflexe de survie, je bondis hors de cette geôle ambulante et courus jusqu'à en perdre haleine dans l'univers inconnu dans lequel je me retrouvais soudain.

Le bruit au loin du moteur d'une voiture qui démarrait me fit ensuite comprendre que l'homme avait déguerpi, m'abandonnant lâchement dans un environnement hostile. Pour me calmer un peu, je me mis d'abord à me lécher consciencieusement les poils et pris ensuite le temps de repérer ces lieux qui n'allaient pas tarder à me devenir familiers.

***

Les mois qui suivirent furent pour le moins éprouvants. Très vite, il me fallut apprendre à chasser, à me battre, à lutter pour survivre.

J'avais élu domicile dans une grange abandonnée dont ne subsistaient que les murs calcinés et une infime partie du toit. Au moins y étais-je un peu à l'abri du froid et des éléments déchaînés lors des saisons les moins clémentes.

Les champs aux alentours me permettaient de dénicher, tant bien que mal, de quoi assouvir un tant soit peu ma faim.

Après avoir connu les délices d'un foyer, je devins, ce qu'il est convenu d'appeler, un chat abandonné.

Puis un jour, quelque temps après avoir combattu pour la énième fois avec quelques collègues matous pour l'amour d'une belle, je suis tombé malade.

La lutte avec ces énergumènes avait été impitoyable. Je m'en étais sorti avec quelques griffures superficielles mais aussi avec une morsure profonde à l'une des pattes. Peu après, la fièvre était apparue et il avait fallu de nombreuses heures avant qu'elle ne disparaisse.

Trop faible pour chasser et tenaillé par la faim, je me suis alors résolu à m'approcher avec précaution, et pour la première fois, des quelques maisons environnantes. Bien m'en prit ! Dans la véranda jouxtant le petit jardin de l'une d'elles, sommeillait une dame âgée dans un fauteuil. Attiré par l'odeur de nourriture s'échappant de chez elle et rassuré par son immobilité, je me suis avancé précautionneusement. Alors que j'allais franchir le seuil de la porte, elle a ouvert les yeux et m'a aperçu. D'un bond, j'ai reculé de deux mètres et le dos rond, je l'ai observée attentivement. Je fus très vite rassuré. Cette dame était assurément de la même famille que la fille car, d'une voix douce et avenante, elle m'invita, en me prénommant Tintin, à approcher et me proposa spontanément de partager son repas.

Sans que je le réalise encore vraiment, je venais non seulement d'être affublé d'un nouveau petit nom mais aussi de retrouver un port d'attache. Une nouvelle vie s'offrait à moi.

Tout en continuant de profiter des bons côtés de mon existence de chat errant, je pris alors pour habitude de visiter la vieille femme une ou deux fois par jour pour y casser joyeusement la croûte ou y piquer un somme bien au chaud dans l'un des nombreux fauteuils de la demeure, à l'abri des multiples dangers de la vie de nomade.

Toutefois, au fil des semaines, bien que nourri comme un prince, je devins de plus en plus maigre, de plus en plus faible et mon pelage de plus en plus terne. Fiévreux, je sentais mes forces m'abandonner irrémédiablement. Ma dernière heure était sûrement proche ; il fallait m'y résigner.

C'est alors que deux amis de la vieille dame, qui lui rendaient visite régulièrement et avaient envers moi la même affection que la sienne, me placèrent un soir, contre ma volonté, dans une cage et m'emmenèrent, sous le regard de ma protectrice qui pleurait à chaudes larmes, vers une destination inconnue.

Une terreur indescriptible s'empara aussitôt de tout mon être et je crus ma dernière heure venue.

En définitive, mes craintes étaient sans fondement. Si le bâtiment dans lequel ils me transportèrent était empli d'odeurs suspectes, l'homme en blouse blanche qui m'y accueillit faisait partie des braves.

Après m'avoir examiné attentivement, il me diagnostiqua une immunodéficience féline mais estima que mon cœur était encore en parfait état et ma constitution, malgré la maladie, très raisonnable encore. Il m'administra donc deux piqûres et, tout ragaillardi, je pus, accompagné de mes deux anges gardiens, rentrer au paradis, à condition toutefois de ne pas rechigner à avaler chaque jour, pendant deux semaines, une petite pilule.

Dès mon retour, la joie de la vieille dame s'est mêlée à la mienne et mes miaulements de plaisir eurent tôt fait de sécher ses larmes.

Ensuite, les jours ont succédé aux jours. Tantôt en pleine forme, tantôt beaucoup moins, je profitais cependant paisiblement de chaque instant de ma vie de chat.

Ce dernier dimanche encore, voyant que mes deux amis prenaient plaisir à m'observer me prélassant sur la table de la véranda, je me livrai pour eux à une séance minutieuse de toilettage. Oh ! bien sûr, j'entendis la vieille dame leur parler, à ce moment, de mes oreilles, de mon poil, de ma respiration, de... que sais-je encore, mais, malgré son inquiétude quant à mon état, je me sentais bien. Tout simplement bien.

Puis, deux jours plus tard, tout s'écroula.

Une jeune femme, que j'avais entrevue très sporadiquement chez la vieille dame auparavant, décida sans ambages qu'il fallait, vu mon état physique déplorable, m'enfermer immédiatement dans la cage et repartir de toute urgence voir l'homme en blouse blanche en sa compagnie.

Stupéfaction ; angoisse ; horreur !

Horreur décuplée lorsque, arrivés sur place, je m'aperçus que le brave homme était absent et que c'est une femme, sosie étrange de celle qui m'avait amené ici, qui allait me prendre en charge.

Très vite, je compris alors que ma dernière heure était venue. Il fallait, pour je ne sais quelle raison obscure, que je sois exécuté.

« Non, ai-je miaulé de toutes mes forces, mon cœur est excellent, ma constitution bonne. Appelez le brave homme. Il vous le dira. »

Perdues dans une discussion dans laquelle il était question de l'âge avancé et de la santé chancelante de la vieille femme, elles n'ont même pas remarqué mon appel désespéré.

« Pourquoi, ai-je miaulé de toutes mes forces, pourquoi ? »

« Parce que je l'ai décidé », ai-je cru lire dans les yeux de mon accompagnatrice, tandis que sa complice me piquait.

Et ce fut tout !

Il faudra du temps, beaucoup de temps, pour que la colère des amis de la vieille dame s'apaise.
Jamais, peut-être !

Coup de foudre

Ma rencontre avec Lydie date d'il y a un peu plus de trois ans. C'était un samedi soir de fin juin, je m'en souviens parfaitement. Malgré nos problèmes, Josefa avait insisté pour que je l'accompagne au repas organisé à l'occasion de la dernière représentation de la pièce de théâtre dans laquelle elle tenait l'un des rôles principaux.

Cette pièce avait connu un franc succès. Les douze représentations prévues avaient toutes été jouées devant une salle comble, ce qui portait à près de quatre mille le total de spectateurs à l'avoir vue, un nombre considérable pour une troupe de comédiens amateurs se produisant dans une ville de moyenne importance.

Tous les membres de la troupe, leurs conjoints et leurs proches participaient au festin de clôture. Nous étions une quarantaine de convives répartis par petits groupes aux diverses tables d'une salle de fête spécialement réservée à cet effet.

Si l'ambiance générale était gaie, je l'étais beaucoup moins. Après cinq années de vie de couple, ma relation avec Josefa battait de l'aile. J'en étais à me demander comment il avait été possible que je puisse être tombé éperdument amoureux d'elle un jour.

Au début, nos caractères, tellement contraires et distants, nous avaient beaucoup rapprochés. Puis, insensiblement, ils nous avaient éloignés. Tant Josefa pouvait être expansive et exubérante, tant je pouvais être réservé et taciturne.

Insidieusement, l'usure du temps avait frappé et ce qui nous charmait autrefois chez l'autre était devenu ensuite source intarissable d'exaspération et de querelles.

Heureusement, nous n'avions pas d'enfants.

Un verre de whisky à la main, j'observais nonchalamment Josefa se trémousser lascivement sur la piste de danse aux bras de celui avec lequel je la soupçonnais de me tromper, lorsque Lydie m'a sorti de ma contemplation en me demandant si elle pouvait prendre place à mes côtés. Ce qui m'a surtout surpris à ce moment précis est qu'elle m'a abordé par mon prénom alors que, pour ma part, j'avais l'impression de ne pas la connaître.

À vrai dire, je n'étais guère enthousiaste à l'idée de devoir tenir conversation avec une inconnue mais, étant naturellement de bonne composition, j'ai pourtant accepté. Elle m'a remercié en souriant, s'est assise et, plutôt que de se croire obligée de m'assaillir de questions plus saugrenues les unes que les autres, elle s'est contentée de siroter son gin tonic, le regard dans le vide et silencieuse.

La conversation n'a véritablement débuté qu'au retour de Josefa à table aux bras de son chevalier servant, par ailleurs régisseur de la troupe. J'y appris alors qu'elle était âgée de vingt-trois ans, qu'elle venait de terminer un Master en arts du spectacle et qu'elle espérait, rêve insensé, réaliser un long métrage un jour. Avec mon job de bureaucrate et mes trente ans sur la tête, je me suis soudain senti vieux et minable et, en temps normal, tel une huître, je serais rentré dans ma coquille, mais la joie de vivre de cette fille était tellement communicative, son regard qui vous transperce tellement pétillant, sa silhouette élancée tellement séduisante, que je me suis senti pousser des ailes et revivre pour la première fois depuis de long mois. Dans cet état de douce euphorie, je me suis lâché et j'ai discouru sur tout et rien de longues minutes avec eux.

Ensuite, tandis que Josefa et son soupirant sont retournés papillonner sur la piste, Lydie et moi nous sommes installés au bar sur deux tabourets hauts et, comme deux vieux potes, nous avons éclusé nombre de godets, refait le monde et ri à gorges déployées.

En sa compagnie, je me suis senti bien. Étonnamment bien !

En toute fin de soirée, alors que la plupart des convives avaient déjà quitté les lieux, je lui ai proposé de la raccompagner chez elle en voiture mais elle m'a justement fait remarquer que mon taux d'alcool dans le sang devait être supérieur au sien. Comme je ne pouvais pas la contredire, je lui ai appelé un taxi et, en attendant celui-ci, je l'ai accompagnée dans le hall d'entrée de la salle.

C'est à ce moment que Lydie, sans que je m'y attende vraiment, m'a attiré vers elle et que nous avons partagé ce long baiser langoureux dont je me souviens aujourd'hui encore.

Puis, elle m'a dévisagé longuement et j'ai ressenti dans ce regard une indéfinissable mélancolie, une inconcevable tristesse.

J'aurais souhaité la rassurer, lui avouer que ma liaison avec Josefa avait abouti dans une impasse. J'aurais aimé lui confier que Josefa et moi allions nous séparer. J'aurais voulu lui dire aussi que mon avenir se conjuguait dorénavant avec elle ; que c'était un miracle de nous être rencontrés ce soir. Mais d'un seul geste, en posant son index sur mes lèvres, elle m'en a empêché.

À cet instant, le taxi est arrivé et avant même que j'aie pu lui demander son numéro de portable, elle s'est précipitée et s'est engouffrée dans la voiture, non sans cependant avoir envoyé voler un dernier baiser dans ma direction avant de disparaître.

Cette femme venait de m'ensorceler.

***

Deux jours plus tard, Josefa m'a quitté pour s'en aller vivre avec son régisseur adoré.

« Au moins avec lui a-t-elle plus de chance de réussir une carrière théâtrale », me suis-je dit à ce moment.

Les semaines qui ont suivi ont été pénibles. Littéralement envoûté, j'ai tenté de renouer le contact avec Lydie par tous les moyens mais ni Josefa, ni son entourage, n'ont pu ou voulu me communiquer ses coordonnées et mes diverses recherches sur internet ont été vaines.

Puis, trois mois plus tard, alors que je désespérais de la retrouver, le hasard s'en est mêlé.

En déplacement professionnel dans une ville voisine, je venais de dénicher difficilement une place de parking et je me précipitais à toute allure vers mon lieu de rendez-vous, lorsque je l'ai croisée.

Autant surprise que moi, elle n'a pas tenté de m'éviter. Au contraire, elle m'a souri tendrement, s'est approchée et nous avons échangé un baiser amical et quelques banalités.

Quand j'y repense maintenant, je me rends compte comme cette scène était surréaliste. Nous agissions comme si nous nous étions séparés la veille. Je l'avais tant cherchée et alors qu'elle était là, devant moi, j'étais abasourdi et ne savais que dire.

Attendue pour un rendez-vous elle aussi, elle m'a communiqué rapidement son numéro de téléphone que je me suis empressé d'ajouter aux contacts de mon smartphone. Elle m'a demandé alors d'attendre deux ou trois semaines avant de l'appeler car, m'a-t-elle dit, elle devait partir bientôt en vacances à l'étranger. Idiotement, je n'ai même pas pensé lui demander où elle s'en allait se ressourcer.

Aussitôt après, elle a disparu dans la rue, dans la direction opposée à la mienne. Ne me restait déjà plus d'elle que le souvenir de son air réjoui.

***

« Te rappelles-tu de Lydie ? » m'a demandé sournoisement Josefa une quinzaine de jours plus tard en sortant du bureau du juge de paix où nous venions de nous étriper lors d'une première entrevue pour régler notre divorce.

« Lydie, oui, bien sûr », lui ai-je répondu, cachant mon étonnement et sans lui avouer que je l'avais revue depuis.

« La pauvre, je savais qu'elle souffrait depuis plusieurs mois d'un grave problème cardiaque et qu'elle devait être opérée, mais de là à mourir si jeune », m'a-t-elle asséné alors.

J'ai encaissé le coup sans broncher ; je n'ai pas laissé transparaître la moindre émotion mais il est certain que si j'avais été armé, cette garce qui venait de me briser le cœur aurait cessé de vivre immédiatement.

***

Ne me reste de Josefa aujourd'hui qu'un numéro de téléphone, des tréfonds duquel, lorsque je l'appelle, une voix inconnue me répond d'un ton neutre qu'il n'est plus attribué !

L'apocalypse

En ce temps-là, la guerre était à nos portes et une catastrophe nucléaire pas à exclure ; toutes les factures des ménages explosaient et l'économie d'énergie était devenue essentielle ; le réchauffement climatique se poursuivait et les incendies ravageaient les forêts ; l'extrême droite progressait et le fascisme menaçait ; les épidémies se succédaient et les décès se multipliaient ; les politiciens se démenaient mais, hélas, trifouillaient ; les réseaux sociaux servaient d'exutoire aux rancœurs et la haine y régnait.

Bref, en ce temps-là, le monde allait mal.

Nous en étions conscients mais le sentiment d'impuissance face à l'inéluctable nous paralysait et avait anéanti en nous, comme chez la plupart de ceux faisant partie de la majorité silencieuse, toute volonté de révolte.

Cependant, ce matin-là, un soleil délicat, annonciateur d'une délicieuse journée de fin d'été, irradiait le ciel azur, et cela suffisait à réchauffer nos cœurs.

Meera, les yeux encore chargés de sommeil bien qu'il fût déjà plus de dix heures, dégustait, à petites gorgées, un expresso bien tassé. Tout en la contemplant d'un air distrait, je me remémorais avec délectation les merveilleux moments d'amour que nous avions échangés durant la nuit. Bien que nous partagions la même couche depuis plus de vingt ans et que nous avions franchi tous deux depuis quelques mois le cap du demi-siècle, notre entente restait parfaite et notre attirance étonnante.

Quand elle s'est aperçue que je l'observais du coin de l'œil, Meera a haussé les épaules et, tout en souriant, elle m'a tiré la langue. Puis, telle une féline, elle s'est étirée délicatement, s'est levée, a ouvert la porte-fenêtre et s'en est allée jeter une poignée de graines pour les oiseaux sur la terrasse attenante au jardin.

Ce rituel était, au fil du temps, devenu immuable.

Quelques secondes plus tard à peine, comme chaque jour, une ribambelle de moineaux, de pigeons et quelques tourterelles surgis des nues, se sont posés sur le sol afin de profiter de ce festin inespéré.

Meera, revenue s'installer à mes côtés, m'a dispensé un sourire gracieux qui m'a touché. En retour, je lui ai saisi tendrement sa main et je l'ai caressée. Elle profitait de l'instant et j'en étais heureux.

Longtemps, Meera a souffert silencieusement. Durant des années, elle a regretté amèrement de ne pas avoir réussi à procréer. Pourtant, nous avions tout essayé. Physiologiquement, tous les examens l'avaient prouvé, rien ne s'opposait à ce qu'elle tombe enceinte. Tant elle que moi, nous étions en parfaite mesure d'engendrer. Cependant, toutes nos tentatives avaient été vaines. Aucun spécialiste, aucun charlatan, aucun marabout, quelles que soient les méthodes qu'ils avaient pu nous proposer, n'était parvenu à nous venir en aide.

Finalement, nous en avions pris notre parti et, maintenant, nous étions même plutôt satisfaits de ne pas avoir de descendants car, en réalité, quel monde les parents avaient-ils à léguer à leurs enfants ?

Soudain, alors que tous les volatiles se régalaient, est apparu Gandhi, notre vieux matou, dans leur champ de vision. De retour sans doute de son expédition nocturne, il baguenaudait au fond du jardin. Aussitôt, un vent de panique a soufflé sur le groupe et tous se sont envolés vers des lieux plus sûrs.

Tous, sauf l'une des tourterelles qui, trompée sans doute dans son envolée par un reflet miroir dans la vitre de notre séjour, s'en est allée cogner violemment celle-ci.

Le claquement sec émis au contact du corps de la petite bête avec le vitrage nous a coupé le souffle.

Ébranlé, je me suis cependant approché très vite. Allongé sur le sol, l'oiseau avait les yeux fermés et la tête tournée sur le côté. À l'observer, il m'a semblé un instant qu'il respirait encore, mais il avait le cou tordu, brisé sans doute par le choc, et il était déjà mort.

La fragilité de l'existence venait, une nouvelle fois, de me sauter aux yeux.

Il ne me restait plus, pendant que Meera se chargeait de tenir Gandhi éloigné de la dépouille, qu'à partir dans la remise chercher une pelle.

En m'observant discrètement enterrer le petit cadavre encore chaud du haut de son balcon, mon voisin, chasseur invétéré, aura dû, sans aucun doute, me traiter de véritable taré.

Inutile de tenter de lui expliquer alors que toute vie est respectable ; que tous les animaux, quels qu'ils soient, ont leur propre finalité ; qu'ils sont des êtres sensibles, aux capacités d'adaptation, de mémorisation et d'apprentissage liés à leur environnement ; qu'ils connaissent des émotions différentes des nôtres, certes, mais bien réelles.

Quelques minutes plus tard, la tourterelle reposait sous terre et ne subsistait de son bref passage sur cette terre que quelques traces laissées sur la vitre par la poudre très fine jaillie de ses plumes et reflétant son image.

J'y ai perçu un message.

« Décidément, il n'y a plus une minute à perdre, vivons pendant qu'il est encore temps », ai-je pensé.

Alors, le soir même, j'ai proposé à Meera de tout plaquer, de réaliser enfin le rêve qu'elle entretenait secrètement depuis son arrivée en France ; celui de partir à la recherche de ses racines ; de nous installer définitivement dans son village natal ; de nous investir dans l'orphelinat dans lequel elle avait passé ses premières années avant d'être adoptée.

Marre de ce boulot contraignant qui rapporte, certes, mais qui me bouffe la vie ; marre de ces relations factices avec les collègues, les voisins, les amis et la famille, même !

« Arrête Paul, m'a-t-elle répondu. Ton sermon, tu me le sers au moins deux fois par an depuis que l'on se connaît et le lendemain ou le surlendemain, chaque fois, tu te réveilles. Je t'aime, Paul, mais tu me fatigues, là. Nous avons cinquante piges, dois-je te le rappeler ? Alors, arrêtons de rêver. Les mirages, fini pour moi. Et puis, finalement, on ne vit pas mal ici tu ne crois pas ? Tu te vois lâcher ton petit confort de bourgeois occidental qui a le cul dans le beurre ? Dans ce pays, nous nous plaignons, nous protestons, nous râlons, nous manifestons, mais au moins nous sommes encore libres, non ? Et si notre démocratie n'est pas parfaite, au moins a-t-elle le mérite d'exister, non ? Ici, Paul, jusqu'à preuve du contraire, tu peux encore choisir d'être de gauche ou de droite, de croire ou pas ; Alors, évidemment, en contrepartie, nous avons tout de même notre part à payer et quelques obligations envers cette Société. »

« Mais merde, Meera, épargne-moi tes discours moralisateurs à deux balles, lui ai-je dit, anéanti. Je ne te parle pas de système ou de politique, moi, mais de choix de vie. J'étouffe ici, c'est tout. »

Elle a froncé les sourcils et haussé les épaules, puis après un long moment pendant lequel elle a semblé réfléchir, elle a éclaté de rire. Ensuite, elle s'est approchée et, après m'avoir embrassé longuement, elle m'a dit, d'un ton moqueur :

« Viens Mère Teresa, allons-nous coucher, nous rediscuterons de tout cela demain matin. »

Et tandis que je faisais mine de bougonner, elle m'a susurré à l'oreille :

« Mais pourquoi pas, après tout ? »

Mon ciel s'est éclairci : l'espoir d'une vie nouvelle ne s'était donc pas entièrement envolé.

À peine couchés, alors que nous étions enlacés tendrement sur le lit, un flash lumineux d'une folle intensité, a soudain illuminé la chambre.

Avant que nous ayons eu le temps d'essayer de comprendre, une brusque détonation suivie d'un long roulement de tonnerre nous a percé les tympans.

Tout aussi vite, la maison s'est mise à trembler sur ses fondations et s'est écroulée d'une pièce dans un vacarme étourdissant.

Sans le savoir, nous faisions partie des premières victimes de la guerre nucléaire qu'un dictateur sanguinaire venait de déclencher.

Table des matières

1.	Je m'appelle Louis	9
2.	Une confidente pour sœur Isabelle	13
3.	Papa est formidable	19
4.	L'adieu	25
5.	Ondes mystérieuses	27
6.	Carte rouge pour l'abbé	31
7.	L'horoscope	37
8.	Isabelle se lâche	43
9.	Ils avaient donc raison	47
10.	Un pari malheureux	49
11.	Le journal intime de Clothilde	53
12.	Dernière promenade	55
13.	Les six dernières heures	57
14.	Une nuit agitée	63
15.	Un remède radical	69
16.	Le monde a basculé un jour pluvieux	71
17.	L'humour de l'oncle Hubert	75
18.	Un cri dans la nuit	81
19.	La folie me guette	85
20.	Les naufragés	89
21.	Le vagabond	97
22.	Coup de foudre	103
23.	L'apocalypse	109